DR MORTON
GRUSEL KRIMI BESTSELLER

ORIGINALAUSGABE
IN DEUTSCHER
SPRACHE

ALLE VIER
WOCHEN
NEU

W0340943

Scotland Yard jagt Grimsby

Sarah Jackson hatte nur noch wenige Minuten zu leben. Aber das wusste sie zu diesem Zeitpunkt natürlich nicht. Ohne auch nur im Geringsten zu ahnen, dass ihr Mörder sie bereits im Visier hatte, verabschiedete sie sich mit einem flüchtigen Kuss auf die Wange von ihrer Freundin. Dann trennten sich die Wege der beiden jungen Frauen. Jede ging zu ihrem eigenen Fahrzeug abseits der Diskothek, in der sie bis in die frühen Morgenstunden gefeiert, getrunken und abgetanzt hatten.

Sehr geehrter Leser!

Mit Dr. Glenn Morton hat Autor John Ball eine der faszinierendsten Figuren der Grusel- und Horror-Literatur geschaffen, wenn nicht die fesselndste und bedeutsamste überhaupt.

Außergewöhnlich, initiativ, zielstrebig, ungeheuer ehrgeizig, geachtet, geehrt – genial – und doch hart, rücksichtslos, gehasst: das ist DR. MORTON, Arzt und Wissenschaftler!

Verbrecher und Mörder – das sagen die anderen.

Urteilen Sie selbst! Lassen auch Sie sich von der Ausstrahlung seiner schillernden Persönlichkeit und von seiner unheimlich zwingenden Geisteskraft gefangen nehmen. Er ist ein von seinen Ideen Besessener, ein Genie zwischen Gipfel und Abgrund.

Fürchten Sie sich nicht vor dem Abgründigen in DR. MORTON, fürchten Sie sich nicht vor sich selbst. Schließen Sie das Fenster und löschen Sie das überzählige Licht. Eine angenehme Gänsehaut verträgt nur wenig Geräusch und knappe Helligkeit.

Eine unheimliche Lektüre wünschen Ihnen

Verlag und Redaktion
ERBER+LUTHER VERLAG

ERBER+LUTHER

ERBER+LUTHER VERLAG, Schweiz

DR. MORTON – Grusel-Krimi-Bestseller erscheint monatlich im ERBER+LUTHER VERLAG, Schweiz. Satz und Layout: Digital*ART*. Der Verkaufspreis von 6,95 € versteht sich einschließlich gesetzlicher Mehrwertsteuer. Titelbild: Theo Thomas. Printed in Germany. Januar 2023
Einzelheft-Nachbestellungen unter: www.romantruhe.de. DR. MORTON ist auch als E-Book erhältlich!

Die volle Scheibe des Mondes lugte hinter einer Wolkenlücke hervor, spendete gerade so viel Licht, dass sich Sarah orientieren konnte. Mit einem Lächeln auf den Lippen dachte sie an den Mann, den sie kennengelernt hatte. Benny war sein Name. Ein gutaussehender Single-Typ aus Soho, der zwar etwas verrückt schien, vielleicht sogar auf Droge war, aber nichtsdestotrotz eine starke sexuelle Anziehungskraft auf sie ausübte. Auch wenn er momentan arbeitslos war, hieß das nicht, ihn deswegen gleich zu verdammen. Ganz im Gegenteil.

Das nächste Mal nehme ich ihn einfach mit in mein Apartment, um ihn dort zu vernaschen!

Die hübsche Rothaarige kicherte. Sie hatte einen kleinen Schwips von den beiden Cocktails, die ihr Benny spendierte, dies hinderte sie aber nicht daran, in ihren schicken Alfa Romeo Montreal zu steigen. Den Wagen hatte sie auf dem einsam gelegenen Parkplatz abgestellt, auf dem um diese Zeit nur noch zwei andere Wagen standen.

Wieder kehrten ihre Gedanken zurück zu Benny, den sie jedoch ein wenig zappeln lassen wollte. Schließlich war sie keines von den Mädchen, das man einfach so flachlegen konnte. Vielleicht ergab sich ja etwas Dauerhaftes daraus.

Erneut lachte die hübsche, junge Frau auf.

Für einen Moment leuchtete gleißendes Scheinwerferlicht das Innere ihres Fahrzeugs taghell aus, begleitet von einem Hupen. Ihre Freundin rauschte soeben an ihr vorbei. Dann wurde es wieder dunkel und Sarah konnte nur noch die roten Rücklichter erkennen.

Mit einem beschwipsten Seufzer suchte die Rothaarige nach dem Schlüssel in ihrer Handtasche. Doch bevor sie den Wagen starten konnte, erfasste sie plötzlich ein eigenartiges Gefühl. Was es genau war, konnte sie nicht sagen, auf jeden Fall bekam sie eine Gänsehaut.

Dann ging alles blitzschnell!

Im Rückspiegel registrierte sie eine dunkelgekleidete Gestalt, die sich auf der Rückbank aufsetzte, auf der sie sich offensichtlich verborgen hatte. Ein Mann, dessen Gesicht sie nicht erkennen konnte. Dafür jedoch das Messer, das er in der rechten behandschuhten Hand hielt und ihr jetzt von hinten an die Kehle drückte. Für einen Sekundenbruchteil blitzte die lange, schmale Klinge im Mondlicht auf, das erneut durch die Wolkendecke fiel.

»Keinen Laut!«

Die Stimme war rau, unerbittlich und grausam.

Todesangst krallte sich in das Herz der jungen Frau. Gefühlsmäßig war sie binnen weniger Sekunden vom Himmel in die Hölle gestürzt.

»Was … was wollen Sie?«, brachte sie mühsam über die vollen Lippen. Es hörte sich wie das Krächzen eines sterbenden Raben an.

Anstatt einer Antwort spürte sie, wie die scharfe Klinge ihre Haut am Hals anritzte. Ein dünner Blutfaden rann aus der dünnen Schnittwunde hervor.

Sarahs Herz hämmerte wild gegen die üppige Brust. Nie hätte sie damit gerechnet, in eine solche Lage zu kommen.

Ihre himmelblauen, geweiteten Augen beobachteten im Rückspiegel, wie der Mann umständlich mit einer Hand seine Hose öffnete und sie herunterzog.

Gott im Himmel, der Bastard will mich vergewaltigen!

Dieser Gedanke war der letzte, den Sarah Jackson in ihrem jungen Leben zu Ende brachte.

Ansatzlos schnitt der halb entblößte Mann auf der Rückbank ihr mit dem Messer die Kehle durch, durchtrennte Halsgefäße und Adern. Ein dunkelroter Blutschwall ergoss sich aus der klaffenden Wunde.

Während die schwerverletzte Frau konvulsivisch zuckte, befriedigte sich der Killer mit einer Hand selbst. Es dauerte nur Sekunden. In dem Moment, in dem Sarah Jackson starb, bäumte er sich stöhnend auf, fiel dann in sich zusammen und blieb regungslos im Fond liegen.

Dieser Zustand währte nur knapp eine Minute. Als er die Hose wieder hochzog und den Gürtel zumachte, atmete er zwar noch heftig, aber seine Bewegungen waren wieder ruhig und kontrolliert.

Gleich darauf stieg der Mann aus dem Alfa Romeo, um seinen eigenen Wagen aufzusuchen, der etwas weiter weg vom Parkplatz stand.

Das Warten hatte sich gelohnt. Er war vollends befriedigt.

*

»Schon der dritte Messermord in London innerhalb von einem Monat. Die Opfer waren immer junge Frauen. Sie haben doch wohl nichts damit zu tun, William, oder?« Dr. Morton sah seinen Assistenten, der soeben in das kleine Zimmer hinter der Ordination der Praxis in der Harley Street eintrat, über den Rand der Zeitung hinweg fest an.

Der Angesprochene hüstelte, aber keinesfalls verlegen. »Haben Sie mich deswegen kommen lassen?«

»Unter anderem. Doch zurück zu meiner Frage.«

»Darf ich zuerst den Artikel lesen, bevor ich Ihnen eine Antwort darauf gebe?«

Dr. Morton reichte Grimsby die Gazette. Aufmerksam studierte dieser die entsprechende Textpassage. Darin waren die Namen der Ermordeten sowie die jeweiligen Tatorte angegeben. Ein Opfer hieß Janice Shurhand, getötet im Hyde Park, das andere Nicole Predman, niedergemetzelt beim Imperial War Museum und das letzte Sarah Jackson, gemeuchelt in ihrem Auto in der Nähe des Piccadilly Circus.

Glenn Morton, dem die Obsessionen seines engsten Vertrauten keineswegs fremd waren, meinte dann: »Da scheint sich jemand in Ihre Fußstapfen zu begeben, William. Die Morde ähneln sich frappierend in Bezug auf den Tathergang. So jedenfalls lässt Scotland Yard in diesem Artikel verlauten.«

»Ich war zwar an dem Ort, aber aus einem anderen Grund, Sir. Daher bezweifle ich, dass der Killer überhaupt von meiner Existenz weiß, geschweige denn seine Taten mit meiner Handschrift begeht. Das scheint lediglich ein Zufall zu sein, nichts weiter.«

»Gut möglich. Aber dennoch rate ich Ihnen in nächster Zeit davon ab, ihren Neigungen nachzugeben. Schließlich sollten wir verhindern, dass Scotland Yard eine Verbindung herstellt, wo es keine gibt.«

»Das hatte ich ohnehin vor.«

»Gut, dass wir in diesem Punkt der gleichen Meinung sind.« Der Chirurg machte eine kleine Pause, bevor er das Thema wechselnd fortfuhr. »Wie sieht es eigentlich mit der geeigneten Versuchsperson für das Bewusstseinskontroll-Experiment aus?«

Grimsby wusste natürlich, worauf Dr. Morton anspielte. Er wollte einem Probanden eine Steuerungszelle ins Gehirn einpflanzen, um diesen nach Bedarf manipulieren zu können.

»Ich dachte an Mr. Albright.«

Als Dr. Morton fragend die linke Augenbraue hob, ergänzte Grimsby: »Sie erinnern sich doch an die Meldung von letzter Woche, dass der Bankier Lloyd Albright als freier Mann das Gericht verließ, obwohl er vermutlich seine ganze Familie ausgelöscht hat. Einschließlich seiner sechsjährigen Zwillingstöchter.«

»Daran entsinne ich mich genau«, knurrte Morton mehr zu sich selbst. »Sein Anwalt hat das Verbrechen einem polnischen Gärtner untergejubelt, der unter Drogen gestanden haben soll und so die Tat ausführte. Die Indizien gegen den einflussreichen Bankier zerstoben wie Staub im Wind. Dagegen wurden jene, die gegen das sprichwörtliche Bauernopfer sprachen, zementiert. Obwohl der Richter nicht von der Unschuld Mr. Albrights überzeugt war, fehlten handfeste Beweise für dessen Täterschaft. Hingegen soll der Pole aus Raffgier gehandelt haben, weil in seinem Zimmer Schmuck und Geld der Bankiersfamilie gefunden wurden.«

»... das ihm garantiert untergeschoben wurde. Aber so spielt das Leben eben. Die Kleinen hängt man, die Großen kommen davon.«

»In der Tat, William. Aber Sie haben recht, Lloyd Albright eignet sich hervorragend als Versuchsperson. Schnappen Sie ihn unauffällig und bringen Sie ihn hierher. Dann wird er Gerechtigkeit in dem Sinn erfahren, dass er sich in den Dienst der Wissenschaft stellen kann. Wenn auch unfreiwillig. Sollte er bei dem Experiment ums Leben kommen, ist das für die Gesellschaft wahrlich kein großer Verlust.«

»Das sehe ich genauso, Sir.«

Glenn Morton nickte. »Dann schaffen Sie den Familienmörder her.«

»Nichts lieber als das!« Grimsby wandte sich um und ging aus dem Raum hinaus.

Draußen lief ihm Cynthia Barrington über den Weg.

»So spät noch eine Unterredung beim Chef!« Das war keine Frage, sondern eine Feststellung. Die attraktive Blondine verzog ihren Schmollmund zu einem Lächeln.

Grimsby erwiderte es, wechselte ein paar Worte mit der Krankenschwester und ging dann in sein Zimmer, um sich eine passende Maske zurechtzulegen. Kurz darauf verließ er in der Tarnung eines noblen Gentlemans die Praxis über den Hinterausgang.

Mit dem Austin A 60 suchte er einen stillgelegten Schrottplatz auf, übernahm dort einen alten Leyland P76, den er hinter einer Autopresse versteckt hatte. Von Marylebone aus, dem Bezirk, in dem auch die Harley Street lag, fuhr er dann südwestlich ins Royal Borough of Kensington and Chelsea, dem Nobelviertel der britischen Metropole. Hier war die Londoner Prominenz Zuhause. Entlang der King's Road, die am Sloane Square begann, gab es viele Cafés, Restaurants, Pubs und Kunstgalerien.

Grimsby bog jedoch von der Hauptstraße ab und orientierte sich an den teuren Stadthäusern, die sich gepflegt aneinanderreihten. Es war nicht das erste Mal, dass er hier war. Schon vor zwei Tagen hatte er damit begonnen, Lloyd Albrights Privathaus, in dem sich die familiäre Tragödie abgespielt hatte, auszuspähen. Er stellte den Leyland unweit der bekannten Adresse ab und zog sich Handschuhe über. Jetzt galt es, vorsichtig zu sein. Fremde, die sich zu lange in dieser feinen Gegend aufhielten, konnten leicht auffallen. Verständlicherweise legte er darauf keinen Wert.

Inzwischen war es Nacht, doch die Straßenlampen leuchteten die Umgebung aus.

Grimsby schlenderte an dem betreffenden Gebäude mit dem Vorgarten vorbei, registrierte mit Wohlwollen den Lichtschein, der aus den Fenstern im ersten Stock drang. Der Bankier war also zuhause. Das Erdgeschoss und die zweite Etage hingegen waren dunkel.

Jetzt galt es, sich unbemerkt Zutritt zu verschaffen. Für gewöhnlich hatten reiche Schnösel wie Albright ihr Grundstück mit einer Alarmanlage gesichert. Grimsbys geschulter Blick erkannte die Falle sofort. Für einen Profi wie ihn dauerte es nicht einmal eine Minute, bis er die Anlage mit seinem mitgeführten Spezialwerkzeug deaktiviert hatte. Gleich darauf suchte er nach einer Schwachstelle, um in das Gebäude hineinzugelangen. Normalerweise war diese oft die Garage. Während Vorder- und Hintertüren eines Hauses, mitunter auch die Fenster, wie in Fort Knox geschützt waren, wurde diese zumeist sträflich vernachlässigt.

Tatsächlich war die Garagentür ungesichert. Mit dem Einbruchbesteck verschaffte sich Grimsby binnen von Sekunden Einlass, schlüpfte in den dahinliegenden dunklen Raum. Dort blieb er eine Weile stehen, lauschte, ob ihm nicht Gefahr drohte. Doch alles war ruhig. Mit einer bleistiftdünnen Taschenlampe, die trotz ihrer Winzigkeit erstaunlich viel Licht gab, fand er die Verbindungstür ins Haus. Sie war mit einem

Yale-Schloss gesichert, aber auch das stellte kein Hindernis für ihn dar. Als er die Tür aufzog, steckte er die Handleuchte wieder ein.

Das Zwielicht dahinter war von einer matten Lichtquelle erhellt, die von irgendwo aus dem ersten Stock zu ihm herunterdrang.

Grimsby stand am Fuß einer steilen Treppe, die hinauf in die Wohnung führte. Soeben wollte er die erste Stufe nehmen. Da erklang ein Geräusch hinter ihm, das ihn abrupt innehalten ließ.

Zuerst das Getrampel von Pfoten, dann ein Hecheln und schließlich das Knurren eines Hundes.

Hatte er den Vierbeiner etwa übersehen? Unmöglich konnte der Köter in der Garage gewesen sein, sonst hätte er sich schon viel früher bemerkbar gemacht. Wahrscheinlich gab es irgendwo eine Hundeklappe, aus der er gekrochen war.

Nun galt es, mit dieser durchaus ernsten Bedrohung fertigzuwerden, bevor der Hausherr bemerkte, dass sich ein Einbrecher im Gebäude befand!

Das Knurren wurde aggressiver. Rasch blickte Grimsby sich um und entdeckte schließlich den Köter. Ein Deutscher Schäferhund, der normalerweise bei Militär, Zoll und Polizei eingesetzt wurde, vor allen Dingen jedoch ein ausgezeichneter und gefährlicher Wachhund war.

Das Tier stand mit gesträubtem Fell und bleckenden Zähnen keine drei Meter von ihm entfernt. Von seinen Lefzen tropfte Speichel.

Der Anblick des Scherengebisses, bei dem die Beißer nicht vertikal aufeinander zuliefen, sondern knapp aneinander vorbei wie bei den Schneiden einer geschlossenen Schere, verursachte ein mulmiges Gefühl in Grimsbys Magen.

Er sah, wie sich die Muskeln des Schäferhundes unter dem glatthaarigen, rotgelbschwarzen Fell spannten.

Ganz langsam griff Grimsby in die Tasche seiner Jacke und holte sein Messer hervor.

In diesem Moment sprang ihn der Köter an!

*

Mit einem Satz katapultierte sich der Schäferhund auf den Eindringling zu. Geistesgegenwärtig machte Grimsby einen Schritt zur Seite, stach dabei einfach blind drauf los und traf!

Die lange, schmale Messerklinge ratschte dem Vierbeiner tief in den gewölbten Brustkorb und durchbohrte sein Herz. Der Hund kam nicht einmal mehr dazu, einen Laut von sich zu geben, sondern prallte bereits tot gegen die gegenüberliegende Wand.

Grimsby riss sein Messer aus dem Kadaver. Aus der Wunde sprudelte dunkelrotes Blut.

Keuchend verharrte er auf der Stelle, bis sich sein Herzschlag wieder beruhigt hatte und er sicher war, dass niemand etwas von dem kurzen Kampf mitbekommen hatte.

Dann setzte er, das blutige Messer in der einen Hand, seinen Fuß auf die erste Stufe und ging vorsichtig die Treppe ins Obergeschoss hinauf. Ein leises Knarren der Holzstufen ließ sich nicht vermeiden. Schließlich stand er in einem breiten Flur, von dem mehrere Türen abgingen. Aus dem Zimmer am Ende des Ganges drangen die Geräusche eines Fernsehers. Offensichtlich hatte es sich Lloyd Albright gemütlich gemacht.

Grimsby ging hinüber, legte die behandschuhte Linke auf die Klinke, während er in der Rechten nach wie vor das blutbesudelte Messer hielt. In der Sekunde, in der er die Tür öffnen wollte, registrierte er hinter sich eine Bewegung. Instinktiv duckte er sich, entging so dem Totschläger, der über ihn hinwegsauste.

Der Mann, der diesen schwang, war groß, breit und glatzköpfig. Wahrscheinlich ein Aufpasser oder Hausangestellter des Bankiers.

Grimsby fackelte nicht lange, trat seinem Gegner kraftvoll mit dem linken Fuß in den Unterleib. Als dieser mit einem kehligen Stöhnen in die Knie ging, rammte er ihm das Messer in die Kehle, schächtete ihn geradezu. Das Blut spritzte wie eine Fontäne an die weißen Wände des Flurs. Der Glatzkopf schlug auf dem Teppichboden auf und blieb regungslos liegen.

So hatte sich Grimsby die Entführung Albrights nicht vorgestellt. Erst der Köter, jetzt der Aufpasser, wer wusste, was sonst noch auf ihn wartete …

Aus dem Zimmer kamen auf einmal hektische Geräusche. Doch nicht etwa, weil man dort auf den kurzen Kampf aufmerksam geworden war, sondern aufgrund eines intensiven Liebesspieles. Offenbar besaß der Bankier tatsächlich die Frechheit, sich mit einem Flittchen in dem Haus zu vergnügen, in dem er erst vor Kurzem seine gesamte Familie abgeschlachtet hatte.

Grimsby zögerte nicht länger, zog die Tür mit einem Ruck auf. Sofort erfasste er die Situation, die sich ihm bot.

Ein schmächtiger, fast zwergenhafter Mann mit einem mächtigen Schnauzbart lag nackt auf der Couch, die an der Wand vor dem Fernseher stand, in dem irgendeine Liebesschnulze lief. Auf ihm hockte ein junges brünettes Mädchen mit dem Rücken zu Grimsby und ritt den Alten unter sich wie bei einem Rodeo.

Offensichtlich hatte der Bankier von draußen nichts gehört, weil das Stöhnen der Frau alles übertönte. Allerdings registrierte er nun, dass die Tür geöffnet worden war. Sein knochiger Schädel ruckte herum. Als er den blutbesudelten Eindringling mit dem Messer in der Faust auf der Schwelle stehend erblickte, schrie er gellend auf.

Das Mädchen verstand zunächst nichts, dachte, dass dieser Gefühlsausbruch ihren Liebeskünsten zu verdanken war. Erst als der Bankier sie brutal von sich herunterschubste, sah auch sie Richtung Tür. Doch da war Grimsby schon heran, stieß sie mit hartem Griff auf die Couch zurück.

»Wer … wer sind … Sie?«, stammelte Albright. Die junge Frau hingegen starrte den Eindringling mit geweiteten Augen an, unfähig, sich nur einen Deut zu bewegen.

Grimsby betrachtete die beiden Menschen mit kühlem Interesse. Dass das Flittchen hier war, machte die Sache zwar komplizierter, konnte aber auch nützlich sein. Anstatt zu antworten, zuckte seine Messerhand vor und schlitzte dem Mädchen die Kehle auf. Als sie zuckend auf dem nackten Mann zusammenbrach, spürte er eine Regung in seiner Hose, versuchte jedoch, dem Gefühl nicht nachzugeben.

Lloyd Albright schrie erneut auf. Dieses Mal vor Schock und Ekel, spritzte ihm das Blut aus der Halswunde der Frau doch auf die knochige Brust.

»Wenn du nicht ruhig bist, dann schlitze ich dich genauso auf wie das Flittchen, den Sicherheitsmann und den Wachhund!« Die Worte Grimsbys klangen hart wie Stahl.

Augenblicklich verstummte der Bankier, instinktiv wusste er, dass er tun musste, was dieser skrupellose Eindringling von ihm wollte. Anstatt weiter zu schreien, befreite er sich von der Frauenleiche und bedeckte seine Blöße.

»Hast du Geld im Haus deponiert?« Grimsby sah ihn fragend an.

Albright nickte schnell nacheinander. »Gleich hier … im Wohnzimmerschrank …«

»Hol es heraus!«

Wimmernd und zitternd schraubte sich der kleine Mann in die Höhe, tapste mit

unsicheren Schritten zu dem Möbelstück hinüber, öffnete es, entfernte eine zweite Trennwand und holte eine Geldkassette hervor.

»Aufmachen!«, bellte Grimsby, dem nichts an dem Geld lag, vielmehr jedoch an dem Umstand, dass er die Morde so aussehen lassen musste, als ob jemand einen aus dem Ruder gelaufenen Einbruchsdiebstahl verübt hatte.

Aus einem anderen Versteck holte Albright einen Schlüssel, um die Stahlkassette zu öffnen. Darin lagen etwa fünftausend Pfund.

Grimsby nahm die Scheine an sich und stopfte sie in die Taschen seiner Jacke. Dann riss er sämtliche Schubladen aus dem Schrank, sodass sich der Inhalt auf dem Boden verstreute. »Und jetzt zieh dich an, wir machen einen kleinen Ausflug!«

Der Bankier beeilte sich, dem nachzukommen, fragte aber währenddessen mit zitternder Stimme: »Was haben Sie mit mir vor? Wohin gehen wir?«

»Das wirst du schon sehen.«

Zu spät erkannte Grimsby, dass der wieselhafte Mann ihm seine Unterwürfigkeit und Angst nur vorgespielt hatte. Denn in Wirklichkeit war er der skrupellose Kriminelle, der nicht einmal davor zurückgeschreckt hatte, seine ganze Familie auszulöschen.

Der Bankier stellte sich auf die Zehenspitzen. Dann krachte seine schmale Hand auch schon mit großer Wucht in Grimsbys Gesicht. Die Faustknöchel rissen nicht nur die Latexmaske, die er trug, über seinem Wangenknochen auf, sondern ebenso die Haut darunter.

Für einen Moment war Mortons Assistent so perplex, dass Albright zum zweiten Angriff überging. Sein totenbleiches Antlitz war fratzenhaft verzerrt, als er blitzschnell hinter das Fernsehgerät langte. Denn dort hatte er einen Browning-Revolver versteckt, den er jetzt herumriss und sofort abdrückte. Die Schussdetonation dröhnte laut wie ein Kanonenschlag durch den Raum. Grimsby, der kurz zuvor schon zu Boden gehechtet war, hoffte instinktiv, dass der Knall draußen nicht zu hören war.

Die Kugel sirrte haarscharf über seinen Kopf hinweg, schlug in der gegenüberliegenden Wand ein. Dann rollte er sich hinter die Couch, auf der das langsam ausblutende Flittchen lag.

Noch immer hielt Grimsby das Messer in einer Hand, jetzt jedoch an der Schneide.

Als Lloyd Albright mit dem Revolver im Anschlag zu ihm herumwirbelte, setzte Grimsby zum Unterarmwurf an. Die schmale Klinge sauste binnen Sekundenbruchteilen durch den Raum, bohrte sich mit äußerster Präzision in den Waffenarm des Bankiers.

Dieser brüllte laut auf. Die Browning entfiel seinen dünnen Fingern. Bis zum Horngriff steckte das Messer in seinem Unterarmknochen, wippte auf und ab.

Gleich darauf schnellte Grimsby in die Höhe, segelte fast horizontal durch den Raum und prallte gegen Albrights Beine. Zusammen stürzten sie zu Boden. Dabei kam der Eindringling auf dem schmächtigen, zwergenhaften Hausherrn zu liegen, packte ihn am Hemdkragen und knallte ihm den knochigen Schädel solange auf den Fußboden, bis dieser ohnmächtig wurde.

Keuchend erhob sich Grimsby. Das Wohnzimmer, der Flur sowie der Zugang zur Garage glichen einem Schlachtfeld. So musste es auch ausgesehen haben, als Albright seine Frau und seine Kinder umgebracht hatte.

Grimsby nahm das Messer wieder an sich und verband die Unterarmwunde des Bankiers notdürftig. Danach zog er den besinnungslosen, nur etwas mehr als ein Meter fünfzig kleinen Mann hoch und trug ihn vom ersten Stock hinunter in die Garage. Er war wirklich ein Fliegengewicht, sodass Grimsby nicht einmal außer Atem kam.

Der Wagen Albrights war ein neuer pechschwarzer Aston Martin.

Ein toller Wagen, dachte Grimsby, während er den Bankier in den Kofferraum verfrachtete. Er wollte dessen Fahrzeug nehmen, denn anders konnte er den bewusstlosen Mann nicht unbemerkt bis zum abgestellten Leyland bringen. Zudem bestand die Gefahr, dass Albright plötzlich erwachte und inmitten des Nobelviertels Alarm schlug. Und zu guter Letzt würden die Ermittler vor einem Rätsel stehen, wenn sie aufgrund der Toten zunächst von einem

Einbruch ausgingen, der Hausherr selbst aber mit seinem Wagen getürmt war.

Grimsby grinste, zog das Garagentor auf, vergewisserte sich, dass vor dem Haus alles ruhig war, und startete den Aston Martin. Gleich darauf fädelte er sich in den losen, nächtlichen Verkehr ein. Den Leyland würde er später abholen.

Das Fahrzeug des Bankiers stellte er in einer versteckt liegenden Gasse in der Nähe des Hyde Parks ab. Von dort rief er aus einer Telefonzelle Maurice Vaultier an. In nicht einmal einer halben Stunde traf er ein. Sie luden den Besinnungslosen um und fuhren dann in die Harley Street. Unbemerkt schafften sie Lloyd Albright über einen Seiteneingang in die Praxis in einen der geheimen Räume, die hier genauso vorzufinden waren wie in Dr. Mortons Privatklinik in Brighton oder seinem Wohnsitz Lannix Manor.

*

»Sie müssen mir verdammt noch mal schnellstens Erfolge liefern, Chefinspektor Quester! Nicht nur der Polizeichef, sondern auch der Home Secretary machen mir die Hölle heiß!«

Der Mann, der diese barschen Worte aussprach, war Superintendent Russell.

Sein Untergebener, der vor ihm im Büro saß, nickte eifrig. »Aber seit wann interessiert sich der Innenminister für profane Morde?«, wagte er es trotz der Wuttirade zu fragen.

Russell schlug so fest mit der geballten Faust auf den Schreibtisch, dass Quester wie unter einem Peitschenschlag zusammenzuckte. »Glauben Sie denn, dass die Gemahlin des Home Secretary samt seiner beiden hübschen Töchter derzeit noch vor die Tür gehen?«

»Nein, Sir, das glaube ich nicht, aber ...«

»Nichts aber, Quester! Die Familie jedes Politikers in London kann genauso ein Opfer des Knife-Rippers werden, wie ihn die Klatschblätter bereits tituliert haben. Drei junge Frauen, Janice Shurhand, Nicole Predman und Sarah Jackson, richtiggehend abgeschlachtet von einem Unbekannten und Sie haben nicht die geringste Spur!«

»Die Ermittlungen gestalten sich schwierig, Sir. Der Täter hinterlässt keinerlei Indizien, weder Fingerabdrücke noch irgendwelche Haare oder anderes Material, das wir sicherstellen konnten. Es gibt keine Zeugen. Letztlich haben wir nichts Greifbares in der Hand.«

Der Superintendent erhob sich aus seinem Bürosessel. »Ich darf Sie daran erinnern, dass ich Sie vor zwei Wochen zum Leiter der Sonderkommission von Scotland Yard bestimmt habe, Quester. Diese Entscheidung kann ich jederzeit wieder rückgängig machen oder Sie wegen Unfähigkeit suspendieren. Wie gefällt Ihnen das?«

Der Chefinspektor rutschte unruhig auf seinem Stuhl herum, sich wohl darüber bewusst, dass jeder weitere Mord, der dem Knife-Ripper zugeschrieben wurde, ein weiterer Sargnagel für seine berufliche Zukunft war. Doch bevor sich sein Vorgesetzter erneut in einem Tobsuchtsanfall ergeben konnte, klingelte das Diensttelefon.

Mit einem ärgerlichen Knurren nahm Russell ab. Es war seine Sekretärin, die im Vorzimmer saß, ihn jetzt mit einem anderen Gesprächsteilnehmer verband. Fast fünf Minuten hörte der Superintendent diesem zu, wurde immer bleicher. Dann legte er auf.

»Das war Detective Constable Anthony Graves von der Mordkommission der Metropolitan Police«, wandte er sich an Quester. »Fahren Sie unverzüglich nach Chelsea.« Er nannte ihm die genaue Adresse. »Vor nicht mal einer Stunde entdeckte eine Reinigungskraft in Sir Lloyd Albrights Anwesen ein wahres Blutbad!«

»Aber gerade noch sagten Sie doch, dass ich mich um den Knife-Ripper kümmern soll.«

»Der DC hat sich an nichts anderes als an die Vorschrift gehalten, jeden Messermord in der Stadt sofort dem Yard zu melden. Denn Graves berichtete, dass die beiden Toten, ein Leibwächter und ein blutjunges Callgirl, mit einem Messer getötet wurden. Ganz abgesehen von dem Wachhund. Und nun gehen Sie schon!«

Zähneknirschend stand Quester auf, der sich von seinem Vorgesetzten keinesfalls so behandeln lassen wollte, obwohl er mit dessen Launen bestens vertraut war.

Er nahm seinen Dienstwagen und fuhr zu Albrights Anwesen in der Nähe der King's Road, das bereits weiträumig von Constables abgesperrt war, um die Neugierigen auf Abstand zu halten.

Als er in das Gebäude trat, nickte er DC Graves zu, den er flüchtig kannte, und erkundigte sich bei ihm und dem Gerichtsmediziner nach den genauen Todesumständen der beiden Opfer.

Der Leibwächter hieß Otto Heldmann, ein deutscher Söldner, der seit vielen Jahren in Albrights Diensten stand. Das tote Mädchen, Angel Basset, war ein Callgirl, das auf eigene Rechnung gearbeitet hatte. Beide waren mit einem Kehlschnitt getötet worden. Hinzu kam ein Schäferhund, dem die Brust aufgeschlitzt wurde.

»Bei der Tatwaffe handelt es sich um ein skalpellartiges Messer mit langer, schmaler Klinge«, erklärte der Coroner. »Außerdem haben wir noch Blut auf dem Wohnzimmerboden gefunden, das offensichtlich nicht von Miss Basset stammt. Vermutlich von Sir Albright.«

»Und wo ist dieser?«, fragte Quester ungläubig.

Der DC, ein großer, vierschrötiger Mann mit Aknenarben im Gesicht, die ihn selbst wie einen Killer aussehen ließen, schüttelte den Kopf. »Wir wissen es nicht. Allerdings ist sein Wagen, ein schwarzer Aston Martin, ebenfalls verschwunden. Wir gehen davon aus, dass Mr. Albright damit weggefahren ist. Vielleicht stand er nach dem Einbruch unter Schock und versuchte woanders unterzukommen. Aber das sind reine Spekulationen.«

»Fehlen Wertgegenstände, weil Sie von einem Einbruch sprechen?«

Dieses Mal nickte Anthony Graves. »Im Wohnzimmer sind alle Schubladen aus dem Schrank herausgerissen. Außerdem fanden wir eine leere Geldkassette. Der Einbrecher war ganz sicher auf Beute aus. Dafür spricht, dass er sich ziemlich gekonnt Zutritt in das Gebäude verschafft hat, kennt sich offenbar mit Alarmanlagen aus und benutzte ein professionelles Einbruchbesteck.«

»Aber auch von ihm gibt es keine Spur, nehme ich an.«

»Nein, Sir.«

»Und was, wenn er Mr. Albright gekidnappt hat?«

»Daran haben wir ebenfalls gedacht. Die Fahndung nach dem Aston Martin läuft bereits auf Hochtouren.«

Das war nicht gerade viel, was sie an Indizien hatten. Allerdings interessierte sich der Chefinspektor vor allem dafür, ob die Stichverletzungen, mit denen die Opfer getötet worden waren, zu den bekannten Ripper-Knife-Morden passten. Aber das würde erst die Obduktion zeigen.

*

Glenn Morton registrierte wohlwollend, dass es Grimsby gelungen war, Lloyd Albright unbemerkt aus seinem Haus zu entführen, in die Praxis zu bringen und es dabei noch so aussehen zu lassen, als würde es

sich um einen Einbruch handeln. Die Polizei würde bezüglich des Verbleibs des Bankiers vor einem Rätsel stehen, ihn vielleicht sogar selbst verdächtigen.

»Bei Scotland Yard brummt es jetzt bestimmt wie in einem Bienenstock, so sehr zerbrechen sich die Beamten ihre Köpfe.«

Grimsby nickte. »Es gibt allerdings einen Umstand, der die Freude etwas trüben könnte.«

»Und der wäre?«

»Aus Notwehr war ich gezwungen, Albrights Leibwächter zum Schweigen zu bringen. Bei dem Mädchen habe ich leider nicht richtig nachgedacht.«

Morton zog die Stirn in Falten. »Das heißt, dass es erneut zwei Messermorde gibt.«

Das war keine Frage, sondern eine Feststellung. Trotzdem nickte Grimsby, schwieg jedoch.

»Das ist alles andere als vorteilhaft. Nicht in der jetzigen Zeit, in der die Behörden jedem Tötungsdelikt nachgehen, das mit einem Messer begangen wurde. Hoffen wir, dass die Spuren so gut verwischt sind, dass nichts auf Sie zurückfällt.«

»Ich war äußerst vorsichtig, Sir.«

Damit war das Thema erledigt. Morton kümmerte sich um die Wunde an Albrights Unterarm. Der Bankier, der weiter ohne Bewusstsein war, befand sich in einem geheimen Zimmer im Untergeschoss, von dem außer Dr. Morton und seinem Team niemand etwas wusste.

»Sobald er erwacht, werde ich mit dem Experiment beginnen«, meinte Morton. »Im Labor habe ich bereits alles vorbereitet. Schaffen Sie ihn am besten gleich dorthin.«

Grimsby nahm den leichtgewichtigen, zwergenhaften Mann auf die Arme und trug ihn wie ein Kind hinüber ins Laboratorium. Dort legte er ihn auf einen Arbeitstisch und schnallte ihn an Händen und Füßen mit Ledergurten fest.

Es dauerte nicht lange, bis der Bankier seine Augen öffnete. Verwirrt blinzelte er in das Deckenlicht, hatte keine Ahnung, wo er sich befand.

»Wo … wo bin ich?« Seine Stimme klang so hell wie die eines Eunuchen.

Morton zog sich einen Stuhl heran und nahm vor ihm Platz, während Grimsby hinter ihm stehen blieb.

»Ich bin Dr. Morton und der Gentleman hinter mir ist mein Assistent Mr. Grimsby.«

Albright riss die Augen weit auf. »Dieser Kriminelle ist bei mir eingebrochen, hat meinen Leibwächter und ein Mädchen getötet und mich verletzt …«

»Nachdem Sie auf mich geschossen haben«, vervollständigte Grimsby ungerührt.

»Was sollte ich sonst tun, wenn jemand in mein Haus eindringt?«

»Beruhigen Sie sich, Mr. Albright«, sagte Morton höflich. »Ich kann alles aufklären. Mr. Grimsby handelte in meinem Auftrag.«

Der Bankier wollte sich erheben, registrierte erst jetzt, dass er gefesselt war. »Was in Gottes Namen sind Sie für ein Arzt, der Menschen entführen lässt und dann in Gewahrsam nimmt?«

Morton überging die Frage. »Ich habe Sie als Versuchsobjekt auserkoren, Mr. Albright. Unter anderen Umständen müsste das eigentlich eine Ehre für Sie sein.«

Grimsby grinste wie ein Honigkuchenpferd, als er das Unverständnis in der hässlichen Visage des Probanden sah.

»Wie meinen Sie das, Sie hätten mich als *Versuchsobjekt* auserkoren?« Die helle Stimme kippte fast angesichts der völligen Hilflosigkeit, in der sich der Mann befand.

»Ich werde eine Gehirnoperation an Ihnen durchführen«, gab Dr. Morton ungerührt zurück.

»Sie werden *was*?« Jetzt schrie der Bankier voller Panik, rüttelte unkontrolliert an den Ledergurten, doch diese gaben keinen Deut nach. Vielmehr spürte er den Schmerz der Wunde an seinem Unterarm, dort, wo ihn Grimsbys Messer getroffen hatte.

Morton schlug die Beine übereinander. »Bei dem bevorstehenden Experiment geht es um Bewusstseinskontrolle, bei dem ich Ihnen eine künstliche Steuerungszelle ins Gehirn implantiere. Das ist alles.«

Bei dem Gedanken an eine solche Operation fing der Kleinwüchsige mit Wimmern an. »Warum ich?«, brachte er mühsam hervor.

»Weil Sie es mehr als verdient haben!« Mortons Stimme war plötzlich verändert. Kalt und grausam. »Sie haben Ihre gesamte Familie ausgelöscht, das Verbrechen einem unbeteiligten polnischen Gärtner in die

Schuhe geschoben, sodass es für Ihren Anwalt ein Leichtes war, Sie vor Gericht rauszuhauen.«

»Woher wollen Sie wissen, dass es *nicht* so war?«, brüllte Albright wie ein Irrer.

»Die Indizien reichten nicht aus, Sie zu überführen. Jeder weiß das.« Morton machte eine kurze Pause. »Aber weshalb haben Sie ein solch abscheuliches Verbrechen überhaupt begangen?«

Aufgewühlt leckte sich der Bankier mit der Zungenspitze über die spröden Lippen. »Wenn ich Ihnen mein Motiv gestehe, lassen Sie mich dann laufen?«

Unumwunden nickte Morton, obwohl selbst Grimsby klar war, dass dies nicht mehr als ein Bluff war. Lloyd Albright wusste schon jetzt zu viel von ihren Umtrieben, als dass er jemals wieder lebendig die Praxis verlassen würde. Außer natürlich, die Hirn-OP wäre erfolgreich.

»Also gut«, begann der Zwerg beinahe großspurig, als sei es ihm gelungen, die beiden Männer auszutricksen. So wie es eben seinem gemeinen und hinterhältigen Charakter entsprach.

»Ich war mit meiner Frau Faith seit über dreißig Jahren verheiratet. In einer so langen Zeit ändert sich viel. Aus anfänglicher Zuneigung kann Hass werden. Kurzum, ich konnte den alten, hässlichen und frigiden Hausdrachen nicht mehr ausstehen. Dann lernte ich Angel kennen, ein Geschenk des Himmels. Jung und attraktiv, die Dinge mit mir im Bett anstellte, von denen ich nicht mal zu träumen gewagt hatte. Die es mir besser besorgte als irgendeine Frau zuvor und das trotz oder vielleicht gerade aufgrund ihrer Jugend.«

Angesichts der Erinnerung hatte die Miene des Bankiers etwas Träumerisches angenommen. »Mit Angel wollte ich den Rest meines Lebens verbringen, das war mir schnell klar. Selbst wenn es der Kleinen natürlich dabei auch um Geld ging, da machte ich mir nichts vor. Das Beziehungsgeschäft war für mich völlig in Ordnung, einen jungen Körper an meiner Seite, vor allem aber im Bett gegen ein paar Tausend Pfund. Was sollte der Geiz.«

Morton und Grimsby hörten weiter schweigend zu.

»Doch Faith kam hinter diese Liaison, reagierte genauso eifersüchtig und im Angesicht des eigenen Alters, wie es wohl die meisten betrogenen Ehefrauen machen. Sie drohte damit, alles öffentlich zu machen, dass ich es mit einer minderjährigen Nutte trieb, wie sie sich ausdrückte. Das konnte ich natürlich nicht zulassen.«

»Und deshalb haben Sie sie getötet?«

»In der Tat, Dr. Morton. Es sollte so aussehen, als wäre es der drogenberauschte Gärtner gewesen, der uns berauben wollte und Faith ihn dabei erwischte.«

»Und warum haben Sie dann auch gleich noch Ihre sechsjährigen Zwillingstöchter beseitigt?«

Bei dem Gedanken fing Albright an zu heulen. »Die Mädchen haben alles gesehen, wie ich ihre Mutter …«

»Und das gab dir das Recht, deine eigenen Kinder zu ermorden?« Grimsby musste sich zusammenreißen, um nicht vollends die Fassung zu verlieren.

Der Angesprochene sagte nichts darauf, weinte weiter. Rotz lief ihm aus der Nase und Tränen benetzten sein aschfahles Gesicht.

»Sehen Sie, Mr. Albright, aus all diesen Gründen haben Sie es verdient, dass Sie sich nun in meinen Händen befinden. Sie sollten das als eine Art späte Gerechtigkeit anerkennen.« Mortons Worte klangen nach wie vor ohne Hohn, dafür aber unerbittlich.

»Sie haben versprochen, mich laufen zu lassen, sobald ich Ihnen alles gestehe!«

»Das werde ich jetzt, nachdem ich weiß, was für ein Mensch Sie tatsächlich sind, ganz gewiss nicht mehr tun.«

»Das können Sie nicht machen …«

»In meiner Praxis kann ich tun und lassen, was immer ich will.«

»Sie sind nicht besser als ich, ein wahnsinniger Teufel!«

»Wenn Sie das so sehen, nun gut. Allerdings würde ich jetzt gerne mit dem Experiment beginnen. Bevor ich jedoch Ihr Gehirn aufschneide, möchte ich Ihnen den Eingriff noch erklären, Mr. Albright. Schließlich sollen Sie sich später nicht über eine mangelnde Aufklärung beschweren.«

Grimsby schmunzelte. Morton hingegen fuhr ungerührt fort, während sich die Panik der Versuchsperson immer mehr steigerte und er dabei zu schluchzen aufhörte.

»Der Traum über die Kontrolle eines Menschen ist schon alt. In der Vergangenheit versuchten vor allem totalitäre Regimes, dem nachzukommen. So entwickelten Militärs und Geheimdienste in verschiedenen Ländern Konzepte für eine sogenannte Gehirnwäsche. Dabei sollte das Bewusstsein durch manipulierte Realitätswahrnehmungen und durch konditionierte Einstellungen umprogrammiert werden. Kurzum: Die alte Persönlichkeit ausgelöscht und durch eine neue ersetzt werden. Dafür bediente man sich herkömmlich mit einem System aus Belohnung und Strafe, um Erfahrungen und das Verhalten der Versuchspersonen zu kontrollieren. Psychischer Widerstand wurde mit körperlicher Gewalt, Drogen, Psychopharmaka oder sogar Hypnose gebrochen …«

»Jesus, Maria!«, entfuhrt es dem Bankier, der jetzt anfing, wie Espenlaub zu zittern. »Sie wollen mich auch noch foltern?«

Morton schüttelte den Kopf. »Nichts würde mir ferner liegen, Mr. Albright. Diese Methoden sind veraltet und nicht so effektiv wie jene, an denen ich forsche.«

»Und was sind das für welche, Sie Wahnsinniger?«

»Wie bereits erwähnt, werde ich bei Ihnen eine psychische Manipulation durch eine Steuerungszelle, die ich neu entwickelt habe, vornehmen. Das Ziel dabei ist, dass Sie nicht Ihr Verhalten komplett ändern, jedoch Aussagen tätigen, die Sie so niemals geäußert hätten.«

»Was meinen Sie damit?«

»Beispielsweise, dass Sie zu Scotland Yard gehen und die Morde an Ihrer Familie gestehen!«

»Das … das werde ich niemals tun. Niemals. Hören Sie!« Der Bankier verlor völlig die Beherrschung. Speichel sprühte aus seinem Mund.

»Wir werden sehen. Sollte das Experiment in dieser Hinsicht scheitern, dann werde ich Sie töten, Mr. Albright.«

Schlagartig hielt der Zwerg inne. Diese Worte verschlugen ihm buchstäblich die Sprache.

Auf einen Wink Mortons hin verabreichte ihm Grimsby ein Narkosemittel. Gleich darauf lag der Bankier völlig ruhig auf dem Arbeitstisch.

»Lassen Sie uns beginnen!« Dr. Morton grinste teuflisch.

Grimsby stabilisierte den Kopf des Probanden in einer Art stählernem Gestell, der sogenannten Mayfeld-Zwinge. Dann rasierte er ihm den Schädel, desinfizierte die Kopfhaut und deckte einen Teil davon ab. Mit einem Skalpell löste Morton jene sowie die Kopfschwarte über dem betreffenden Hirnbereich vom Knochen, um sie gleich darauf zur Seite zu klappen. Jetzt lag der Schädelknochen frei vor ihm.

Wortlos überreichte Grimsby Dr. Morton die Knochensäge, mit der er eine Knochenplatte aus Albrights Schädel herausfräste. Somit hatte er freien Zugang zum Gehirn des Probanden.

»Vielleicht sollten Sie ihm ein Implantat einsetzen, das ihn zum Exhibitionisten macht«, scherzte Grimsby. »Stellen Sie sich mal vor, wie er sich in seiner Bank die Kleidung vom Leib reißt und nackt herumspringt.«

Auch Morton lächelte. Doch gleich darauf konzentrierte er sich voll und ganz auf die vor ihm liegende Arbeit.

»Ich habe eine Steuerungszelle entwickelt, die weder Batterien noch Kabel benötigt«, erklärte er, während er weiterhin fachmännische Hand an das freiliegende Denkorgan anlegte. »Eine solche ist jeder herkömmlichen Sonde weit überlegen. Die Zelle wird tief ins Gewebe implantiert. Beispielsweise könnte ich damit die Aktivität der sogenannten Mandelkerne im Gehirn dämpfen, die unter anderem Angst verarbeiten. Dadurch könnte ein Mensch furchtloser, toleranter und friedfertiger werden.«

»Ich habe von einem Experiment der Amerikaner gehört, die Versuchspersonen das vertrauensbildende Hormon Oxytocin verabreicht haben. Damit konnten sie Menschen nicht nur sozialer machen, sondern auch Untreue verhindern, Scheidungen vermeiden und selbst das Problem des Geburtenrückgangs lösen.«

Morton nickte. »Darüber habe ich zuletzt ebenfalls in einem neurochirurgischen Fachmagazin gelesen. Allerdings ist meine Steuerungszelle jenen Methoden weit überlegen. Diese funkt elektrische Signale in das supplementär-motorische Areal des Gehirns und manipuliert so den freien Willen der Testperson, ohne dass diese freilich davon weiß. Oder anders ausgedrückt: Wie in unserem Fall wird sie beispielsweise Dinge gestehen, die sie zwar begangen, aber bislang geleugnet hat. Vorausgesetzt, das Experiment gelingt.«

Grimsby schwieg.

»Die Königsdisziplin ist, dass der Proband Taten zugibt, die er eben *nicht* ausgeführt hat! Auch das wird noch festzustellen sein. Bei Mr. Albright genügt es zunächst, seine Lügenschwelle zu eliminieren.«

Versiert pflanzte er die neuentwickelte Sonde in das Gehirn des Bankiers ein. Danach setzte er die lose Knochenplatte wieder zurück in die zuvor ausgesägte Öffnung im Schädeldach und vernähte Hirnhaut, Kopfschwarte und Kopfhaut über der OP-Wunde.

Grimsby nahm dem Bankier die Mayfeld-Zwinge ab und legte ihm einen sterilen Verband an.

»Durch diese Hirnstimulation wird also die Persönlichkeit des Probanden beeinflusst?«, fragte er nach.

»Genauso ist es! Dadurch kann der Charakter eines Menschen komplett verändert werden. Einerseits zum Positiven, weil agiler, selbstsicherer, motivierter oder kommunikativer als früher. Andererseits zum Negativen, wenn er impulsiver, depressiver oder aggressiver wird.«

»Und wie wollen Sie diesen Familienmörder umpolen?«

Für einen Moment sah Dr. Morton Grimsby an. »Wie bereits angedeutet, soll sein Verhalten nicht auffällig verändert werden. Als Erfolg würde ich verbuchen, wenn Mr. Albright, nachdem die OP-Wunde verheilt ist, zur Polizei geht und die Morde an seiner Frau und seinen Zwillingstöchtern gesteht.«

Grimsby nickte. »Ja, Sir, das wäre fantastisch. Ich kann es kaum erwarten, dass dieser Verbrecher ein Leben lang hinter Schloss und Riegel verschwindet.«

»Die Bedeutung eines solchen Experimentiererfolgs ist von unschätzbarem Wert. Allerdings könnte ich damit nicht an die Öffentlichkeit gehen. Ich musste mir etwas anderes einfallen lassen.«

Auf Mortons Aufforderung spritzte Grimsby dem Bankier ein Serum, das die Wirkung der Narkose aufhob. Nach wenigen Minuten war dieser wieder bei vollem Bewusstsein.

Verwirrt blickte Albright sich um, zerrte erneut an den Lederriemen, bis ihm bewusst wurde, wo er war und was der Chirurg mit ihm angestellt hatte.

»Haben Sie mich tatsächlich operiert?«, fragte er mit zitternder Stimme, in der die Hoffnung lag, dass ihm Dr. Morton und sein unheimlicher Assistent zuvor lediglich Angst eingejagt hatten.

»Natürlich, Mr. Albright. Ich nehme an, dass Sie noch keine Beschwerden haben. Diese werden erst folgen, sobald die Narkosenachwirkung nachlässt. Dann wird Ihnen Grimsby ein Schmerz- und Beruhigungsmittel geben.«

»Sie haben es also tatsächlich gewagt …«, wollte sich der Zwerg ereifern. Doch als Grimsby ihm einen Spiegel vors Gesicht hielt, in dem er seinen rasierten und verbundenen Schädel begutachten konnte, verfiel er erneut in ein unwürdiges Jammern.

»Sie verfluchtes Monster«, kam es zwischen tiefen Schluchzern über seine Lippen. »Sie Bastard!«

»Wenn alles klappt, dann werden Sie schon in Kürze ganz persönlich die Konsequenzen für Ihre Schuld übernehmen, Mr. Albright«, ließ sich Dr. Morton von den Beschimpfungen nicht beirren.

*

Logan Dexter war ein Frauenheld, wie er im Buche stand. Reihenweise fielen die Frauen auf ihn herein, ohne, dass er sich großartig bemühen musste. Das alles hatte er nicht nur seinem unwiderstehlichen Charme, sondern insbesondere seinem guten Aussehen zu verdanken.

Er war Anfang dreißig, groß, athletisch gebaut, blond und braungebrannt und erinnerte eher an einen knackigen Surfer in Kalifornien als an einen trockenen Bilanzbuchhalter in einem Londoner Aktienunternehmen. Die Mitarbeiterinnen in seiner Abteilung lagen ihm genauso zu Füßen wie seine Vorgesetzte, eine eingebildete Ziege, die sich mit ihren fünfzig Jahren noch für anziehend hielt. Dabei zeichnete sich ihre Cellulite an den gut gepolsterten Schenkeln sogar unter ihren Röcken ab, was ihn wahrlich abstieß.

Bei diesem Gedanken verzog sich Dexters kantiges Gesicht voller Abscheu. Jede Frau, die mehr als zwanzig Lenze zählte, roch schon nach Grab und Verwesung! Für ihn mussten sie blutjung und frisch sein. Noch weitgehend unverbraucht und biegsam im Willen. Hinzu kam, dass die jungen Mädchen im Bett in der Regel alles taten, um den Mann zu verwöhnen, während sich die Älteren nur bedienen ließen.

Nein, das kam für Logan Dexter nicht infrage!

Gleichwohl durchschauten die mädchenhaften Nymphen seine wahren Absichten nicht so schnell wie die erfahrenen Frauen. Denn er war nicht nur ein Bild von einem Mann, sondern auch ein vorzüglicher und leidenschaftlicher Liebhaber und auch ein skrupelloser Killer.

Bei diesem Gedanken kicherte Dexter so laut auf, dass die Schulmädchen, die auf dem Sitz vor ihm in der U-Bahn Platz genommen hatten, einen scheuen Blick in seine Richtung warfen. Etwas zu lange, wie er fand. Die eine war blond, die andere brünett, beide gut gewachsen und mit den typischen Schuluniformen ausstaffiert, die aus einer Jacke, einer weißen Bluse, einem karierten Minirock und bis kurz unter den Knien hochgezogenen gleichfarbigen

Strümpfen bestand. Provozierend zeigten sie ihm einiges vom jungen Fleisch ihrer glatten, nackten und wohlgeformten Schenkel.

Ich kann es euch gleich hier auf der Stelle besorgen!

Wieder lachte Dexter leise auf.

An der Whitechapel Station, die in unmittelbarer Nähe des Edward VII. Memorials und des Whitechapel Market lag, stiegen die beiden Gören lachend und scherzend aus. Wahrscheinlich unterhielten sie sich gerade über ihn.

Unauffällig folgte Dexter ihnen, als sie von der Haltstelle zur Durward Street schlenderten, dort in die Brady Street einbogen und diese entlang gingen. Als sie am alten Brady Street Cemetery vorbeikamen, hielten sie inne.

Es war später Nachmittag und er hatte keine Ahnung, was die beiden hier verloren hatten.

Der etwa eineinhalb Hektar große Friedhof, der schon seit über einem Jahrhundert stillgelegt und geschlossen war, wurde von einer hohen, mit Glasscherben bedeckten Mauer umgeben, sodass ein Überklettern unmöglich war.

Zielgerichtet fanden die Mädchen jedoch einen Zugang durch eine alte, in den rostigen Angeln quietschende Nebentür, während sich das eigentliche verschlossene Friedhofstor auf der anderen Seite befand. Wahrscheinlich benutzten sie nicht zum ersten Mal diesen Weg.

Logan Dexter blieb eine Minute stehen, bevor er ihnen hinterherging, sah gerade noch, wie sie auf dem gewundenen Kiesweg um die Ecke bogen. Statt diesen ebenfalls zu nehmen, begab er sich auf die danebenliegende Grasnarbe, die seine Schrittgeräusche verschluckte.

Auf einer Seite des Totenackers wuchsen dichte Bäume, deren mächtige schwarze Wurzeln aus dem unebenen Boden stießen, windenden Schlangen gleich. Die verwitterten, schiefen Grabsteine, die aus der knochentrockenen Erde ragten, erinnerten an vorstehende Zähne eines Riesen. Turmförmige Markierungen und steinerne Engel, bedeckt von Pilzbewuchs, waren von wabernden Schatten umhüllt. Genauso wie die bröckelnden und zerfurchten Steinplatten.

Vorsichtig spähte Dexter um die nächste Wegkreuzung, vorbei an den hohen, vom Unkraut verschlungenen Grabstätten und viktorianischen Denkmälern. Doch sehen konnte er die Mädchen nicht mehr, dafür aber hören. Er glaubte, seinen Ohren nicht zu trauen!

Ihr kleinen Mistgören!

Der attraktive Buchhalter schlich in die Nähe der Stelle, von der er die lustkeuchenden und stöhnenden Laute vernahm. Vor einem wildwuchernden Gebüsch blieb er stehen. Durch ein Netz dunkler Zweige hindurch sah er das, was sogar ihn überraschte.

Die beiden Mädchen hatten sich nackt ausgezogen und lagen auf einer vom Alter und Regen geschliffenen Grabplatte, fummelten aneinander herum, benutzten nicht nur ihre Finger, sondern auch ihre Zungen. Ihr vor Erregung geschwängertes Keuchen heizte sie gegenseitig nur noch mehr an.

Dexter spürte, wie er eine Erektion bekam, denn das lesbische Liebesspiel der zwei blutjungen Gören, die es auf einem verlassenen Friedhof miteinander trieben, machte ihn scharf.

Minutenlang starrte er zu dieser unwirklichen Szene hinüber. Dann hielt er es einfach nicht mehr aus. Lautlos und so unerwartet wie ein Geist trat er aus dem Gebüsch hervor. Zuerst bemerkten ihn die Mädchen in ihrer jugendlichen Leidenschaft nicht. Als ihm jedoch selbst ein Stöhnen über die Lippen drang, weil er seinen harten Riemen unter der Hose massierte, wurden sie auf ihn aufmerksam.

Schlagartig änderte sich die Stimmung. Die sexuelle Hingabe verwandelte sich in panisches Erschrecken und bodenlose Furcht.

Doch da war Dexter schon heran. Mit dem ersten Faustschlag mähte er die Blonde nieder. Ihre Unterlippe platzte auf wie eine reife Erdbeere. Mit dem zweiten Hieb brach er der Brünetten die Nase. Sie gaben nicht einmal einen Laut von sich, so sehr standen sie unter Schock. Ihre jungen, bleichen Gesichter waren vom eigenen Blut besudelt. Ihre angsterfüllten Augen geweitet, als sähen sie sich in diesem Moment dem Leibhaftigen gegenüber.

»Jetzt habt ihr mich schon angeheizt, ihr geilen Miststücke. Zeigt mal, was ihr sonst noch drauf habt!«

Dexter lachte laut auf. Niemand hörte ihn hier, nicht einmal die Schreie, wenn er die Kleinen schächten würde wie Vieh.

Die beiden Mädchen wechselten einen schnellen Blick miteinander, dann versuchten sie sich blitzschnell aufzurappeln, um dem Fremden zu entkommen.

Doch damit hatte Dexter gerechnet, stellte der Blonden den Fuß und trat der Brünetten in die Seite. Beide stürzten auf die Steinplatte zurück, schlugen sich die Knie auf.

Gleich darauf kam er über sie. In seiner Rechten hielt er plötzlich ein langes Messer. Noch bevor sie überhaupt reagieren konnten, schlitzte er ihnen nacheinander mit zwei gekonnten Schnitten die Kehlen auf, öffnete seine Hose, steckte seine Hand hinein und fiel stöhnend ins Gras.

*

Chefinspektor Quester war bleich wie der Tod. Mit einem solch grauenvollen Anblick war selbst er in all den Dienstjahren, die er bereits auf dem Buckel hatte, noch nicht konfrontiert worden.

»Wer hat die Mädchen gefunden?« Seine Stimme klang brüchig wie altes Pergamentpapier.

Detective Constable Anthony Graves räusperte sich den Kloß weg, der sich in seiner Kehle gebildet hatte. »Ein älterer Mann, der trotz der Schließung des Friedhofs immer noch das Grab seiner Frau besucht. Jeden Tag.«

»Und wie kam er herein? Soweit mir bekannt ist das Haupttor verschlossen.«

»Das ist richtig, Sir. Aber es gibt da eine kleine Seitentür, die schon vor Jahrzehnten aufgebrochen wurde. Durch die geht der Alte hinein. Den gleichen Weg nahmen die Mädchen wohl auch. Die Blonde heißt Sherill Meyer und die Brünette Eva Pravney.«

»Was glauben Sie, was sich hier abgespielt hat, Graves? Die beiden sind nackt und grausam zugerichtet. Ein Sexualverbrechen?«

Der große, vierschrötige Mann mit den Aknenarben räusperte sich erneut. »Das ist nicht auszuschließen. Allerdings gibt es laut dem Gerichtsmediziner keine Hinweise darauf. Zwar hatten die Mädchen Sex, aber anscheinend nicht mit ihrem Mörder.«

»Mit wem dann?« Fragend sah Quester den DC an, der mit einer Antwort zögerte.

»Miteinander, Sir.«

»Lesbische Schulmädchen? Spielt Ihnen vielleicht Ihre schmutzige Fantasie einen Streich, Graves?«

»Mitnichten, Sir. Das ist die vorläufige Einschätzung des Mediziners.«

Der Chefinspektor atmete tief durch. »Und was hat die Spurensicherung ergeben?«

»Nicht viel. Lediglich vereinzelte Haare der jungen Frauen wurden gefunden, aber sonst keine verwertbaren Spuren.«

»Und wie sieht es mit Schuhabdrücken aus?«

»Die der Mädchen auf dem Kiesweg sind mitunter zu erkennen. Die des Täters nicht.«

»Wollen Sie mir damit etwa sagen, dass der Mörder zum Tatort *geflogen* ist?«

»Natürlich nicht, Sir. Aber er ging wahrscheinlich nicht auf dem Weg, sondern auf dem ausgetrockneten Grasstreifen daneben. Darauf finden sich jedoch keine Abdrücke.«

»Himmel noch mal, dann lassen Sie Ihre Männer solange weitersuchen, bis es etwas Handfestes gibt!« Questers Nervenkostüm glich dem eines Delinquenten, der auf dem elektrischen Stuhl saß und darauf wartete, dass der Henker den Schalter umlegte. Tatsächlich konnten diese beiden Morde, die ganz sicher ebenfalls auf das Konto des Knife-Rippers gingen, sein Karriereende sein.

Inzwischen lag das Obduktionsergebnis von Sir Lloyd Albrights Leibwächter Otto Heldmann und des Callgirls Angel Basset vor. Die Stichverletzungen waren wohl mit demselben Messer ausgeführt worden wie bei den Morden an Janice Shurhand, Nicole Predman und Sarah Jackson. Die Autopsie der Mädchen Sherill Meyer und Eva Pravney würde garantiert dasselbe ergeben. Außerdem blieb der Bankier samt dem Aston Martin weiterhin verschwunden.

Letztlich hatte der Chefinspektor nichts vorzuweisen, was auf den Täter hindeutete. Während der Home Secretary Superintendent Russell unablässig die Hölle heißmachte, gab dieser das Fegefeuer nach unten weiter. Nicht mehr lange und Quester würde wieder als normaler Constable Knöllchen verteilen, wenn er nicht endlich Erfolge vorweisen würde.

»Da wäre noch etwas, das Sie wissen sollten, Sir«, unterbrach Graves seine finsteren Gedanken.

»Machen Sie es nicht so spannend, raus mit der Sprache«, entgegnete der Angesprochene übelgelaunt, während sein Blick auf den entblößten, blutbesudelten Mädchen hängenblieb.

»Es geht um den Mord an Sarah Jackson, Sir. Es hat sich ein Zeuge gemeldet.«

Questers Kopf ruckte so schnell herum, dass der DC regelrecht zusammenzuckte. Der erste Gedanke war, warum sich ein Hinweisgeber bei der Mordkommission der Metropolitan Police und nicht beim Yard meldete, obwohl dieser eine Belohnung ausgesetzt hatte. Der zweite, dass dies völlig egal war, Hauptsache sie kamen endlich weiter.

»Der Zeuge heißt Benny Livland. Er hat Miss Jackson in der Diskothek kennengelernt, in der sie in der Mordnacht war. Ein heißer Flirt, aber nicht mehr.«

»Und weiter?«, fragte der Inspektor ungeduldig, der befürchtete, dass seine Hoffnung zerbrechen könnte wie eine Glasscherbe unter einem Schuhabsatz.

»Als Sarah Jackson den Club verließ, folgte ihr Mr. Livland etwas später. Er wollte ihr gestehen, sich in sie verliebt zu haben. Allerdings fand er sie nicht mehr.«

»Das ist ja eine sehr hilfreiche Aussage, Graves. Und was soll ich damit anfangen?«

»Wenn Sie erlauben, ich bin noch nicht fertig, Sir«, maßregelte der DC den Chefinspektor höflich, aber ärgerlich. »Mr. Livland bekam Sarah Jackson in dieser Nacht nicht mehr zu Gesicht. Dafür sah er einen Mann vom Parkplatz kommen, auf dem sie ihren Alfa Romeo geparkt hatte, in dem sie getötet wurde. Auffällig an dem Fremden war, dass dieser bereits in der Diskothek die junge Frau heimlich beim Tanzen beobachtete. Das jedenfalls gibt der Zeuge so an.«

Quester lief eine Gänsehaut über den Rücken. »Noch etwas?« Seine Stimme troff vor Ungeduld.

»Als Mr. Livland bemerkte, dass der Fremde die Diskothek verließ, kurz nachdem Sarah gegangen war, folgte er ihm, um ihn zu stellen.«

»Um ihn zu *stellen*?«

»In der Tat, Sir. Mr. Livland ging davon aus, dass der Fremde es ebenfalls auf Sarah abgesehen hatte. Eine Sache unter Männern, so töricht sich das auch anhört.«

»Konnte er ihn beschreiben?«

Der DC nannte die Personenbeschreibung. »Bekleidet war er wie ein Dockarbeiter.«

»Was geschah dann?«

»Nun, Mr. Livland gelang es nicht mehr, den Fremden einzuholen. Dafür sah er noch den Wagen, der fast einen Kilometer abseits stand, in den er einstieg und anschließend losfuhr.«

»Was für ein Fahrzeug, verdammt?« Questers Stimme überschlug sich beinahe.

»Ein alter Austin A 60.«

»Hat Ihnen Livland auch das Kennzeichen genannt, Graves?«

»Ja, Sir. Wir haben es bereits überprüft. Der Wagen ist auf einen William Grimsby zugelassen.«

*

Als Dr. Morton dem Bankier den Kopfverband abnahm, schrie dieser angesichts der blutroten, langen Narbe an seinem rasierten Schädel auf.

»Sie haben mich komplett entstellt! Ich sehe aus wie Frankenstein!«

»Ich für meinen Teil würde behaupten, dass Sie nun weitaus attraktiver wirken als noch zuvor«, feixte Grimsby, der neben den beiden Männern stand, die sich wieder im Patientenzimmer im Keller der Arztpraxis aufhielten.

Lloyd Albright ignorierte ihn, starrte vielmehr weiter fassungslos auf sein verunstaltetes Spiegelbild.

»Keine Sorge«, beruhigte ihn Morton. »Grimsby ist ein Meister der Tarnung. Er wird die OP-Wunde fachmännisch mit Latexstreifen abkleben und ihnen eine modische Perücke verpassen.«

»Damit werden Sie ohne Zweifel ein Mädchen nach dem anderen aufreißen!« Grimsby lachte laut auf und Dr. Morton schmunzelte ebenfalls.

Albright wandte sich vom Spiegel ab und sah zu den beiden Männern auf, die ihn aufgrund seiner geringen Körpergröße um mindestens drei Köpfe überragten.

»Wie lange wollen Sie mich eigentlich noch gegen meinen Willen hier festhalten?«

Morton ging nicht direkt auf diese Frage ein. »Apropos *Willen*. Langsam wird es Zeit, das Experiment fortzuführen. Kommen Sie, Mr. Albright.«

Als sich der Bankier sträubte, dem Chirurgen aus dem Raum hinaus ins Labor zu folgen, packte ihn Grimsby kurzerhand an den schmalen Schultern und schob ihn vor sich her.

»Setzten Sie sich«, forderte Morton ihn auf und deutete auf einen Stuhl, der neben dem Arbeitstisch stand.

»Wollen Sie mich erneut aufschneiden?«, fragte Albright mit aufsteigender Panik in der Stimme.

»Nichts läge mir ferner. Die Pflicht ist erfüllt, nun folgt die Kür.«

»Ich traue Ihnen nicht. Ihnen beiden nicht. Gleich gar nicht Ihren windigen Andeutungen.«

»Ich möchte Ihnen eine Frage stellen, Mr. Albright«, entgegnete Morton. »Haben Sie Ihre Frau und Ihre Kinder getötet?«

»Das wissen Sie doch, wir haben darüber geredet.«

»Und was würden Sie der Polizei erzählen, wenn Sie erneut danach gefragt werden würden?«

»Natürlich alles abstreiten, mich entsetzt geben, schließlich sprach mich ein Gericht erst vor Kurzem von derartigen Vorwürfen und bösartigen Unterstellungen frei. Das würde ich sagen. Aber warum fragen Sie mich erneut danach?«

Glenn Morton hatte aufmerksam zugehört, sich jedoch halb zu einem Regal umgewandt, auf dem ein futuristisch anmutendes Gerät stand, kaum größer als eine Butterdose. Er drückte auf einen roten Schalter und wandte sich wieder dem Zwerg zu, an dessen Mimik und Verhalten sich allerdings nichts verändert hatte.

Argwöhnisch zog Grimsby die Augenbrauen zusammen.

»Nun, Mr. Albright, Sie haben Ihre Familie also *nicht* ermordet?«, versuchte es der Chirurg andersherum.

Der Bankier antwortete nicht sofort. Nachdem er jedoch ein finsteres Lächeln aufgesetzt hatte, meinte er: »Natürlich habe ich das, Dr. Morton.«

Grimsby warf einen schnellen Blick zu dem Gerät auf dem Regal, das unablässig elektrische Signale in Albrights supplementär-motorisches Gehirnareal funkte und ihn so manipulierte.

Dr. Morton wollte die Aussage des Bankiers präzisieren, hakte genauer nach. Und dieses Mal gestand Albright in allen Einzelheiten, wie er seine Frau und seine Töchter umgebracht hatte.

Grimsby war begeistert, vermeinte dieselbe Euphorie im Blick des Wissenschaftlers zu erkennen.

Nachdem der Zwerg wieder im Patientenzimmer eingesperrt war, sagte Morton: »Die Zeit ist reif. Morgen werden wir Albright zu Scotland Yard schicken. Und dort wird er seine Untaten gestehen und hoffentlich für immer hinter Schloss und Riegel verschwinden. Genau da, wo er hingehört.«

»Was aber, wenn die Polizeiärzte die Operationsnarbe bemerken?«, warf Grimsby ein.

»Daran habe ich natürlich auch gedacht. Diesbezüglich habe ich Mr. Albright eine falsche Erinnerung eingegeben. Er wird berichten, dass er nach dem Einbruch in sein Haus und dem Schock, den die beiden Morde auslösten, dem Täter mit seinem Wagen entkam. Unterwegs rief er seinen alten Freund Dr. McLean, einen Gehirnchirurgen an, um ihn außerhalb Londons aufzusuchen. Doch auf dem Weg zu diesem kam er von der Fahrbahn ab, krachte mit dem Aston Martin gegen einen Baum. Als er nach dem Unfall zu sich kam, befand er sich in der Privatpraxis von Dr. McLean, der seine Kopfverletzung zusammenflickte. Als dem Bankier Tage später bewusst wurde, dass er selbst dem Tod von der Schippe gesprungen war, überkam ihn große Reue hinsichtlich seiner gottlosen Tat. Deshalb suchte er Scotland Yard auf, um den Mord an seiner Familie zu gestehen.«

Grimsby, der aufmerksam zugehört hatte und ein ausgesprochener Spezialist in diesen Dingen war, nickte bedächtig. »Alles schön und gut, die Geschichte klingt logisch.«

»Das tut sie. Aber ich höre Bedenken in Ihrem Tonfall.«

»Da haben Sie recht. Existiert dieser Dr. McLean denn überhaupt?«

»Sie kennen mich schon ein halbes Leben lang, Grimsby. Und deshalb sollten Sie auch wissen, dass ich immer präzise plane. Doch zu Ihrer Frage: Natürlich gibt es den Gehirnchirurgen Dr. Albert McLean. Allerdings ist dies nicht sein richtiger Name. Vielmehr heißt er Albert Höring.«

»Ein Deutscher?«

»In der Tat. Albert Höring arbeitete im Krieg einst für einen Pharmakonzern und führte vor allem Experimente an Kindern durch. Nach dem verlorenen Krieg konnte er sich mithilfe britischer Nationalisten nach England absetzen, einen anderen Namen annehmen und völlig unbedarft wieder praktizieren.«

»Also einer, der ebenfalls eine Strafe verdient hat!«

Glenn Morton nickte ernst. »Dr. Höring alias Dr. McLean hat es verwirkt, straflos in dieser Gesellschaft zu leben. Sie werden ihn unbemerkt aus dem Weg räumen. Danach arrangieren Sie mit dem Fahrzeug des Bankiers einen Unfall. Am besten setzen Sie gleich den Arzt ans Steuer und fahren ihn gegen einen Baum. Er muss ausgeschaltet werden, damit er unser Lügengespinst nicht auffliegen lassen kann.«

»Aber dann passt die Geschichte nicht mehr zusammen, hat der Bankier doch scheinbar den Unfall verursacht, *bevor* er bei Dr. McLean war.«

»Das ist mir durchaus bewusst, Grimsby. Dieses kleine Rätsel wird dazu führen, dass man die Story nicht glaubt und Scotland Yard davon ausgeht, dass Mr. Albright, aus welchen Gründen auch immer, ebenso den deutschen Arzt getötet hat.«

»Und damit fällt jeglicher Verdacht von Dritten ab!«

»Genauso ist es!«

»Etwas kompliziert aber nicht minder genial, Sir. Aber eine Frage habe ich noch: Wie haben Sie von seiner wahren Identität erfahren, wenn diese doch so geheim ist, dass er über zwei Jahrzehnte lang in England schalten und walten konnte, wie er wollte?«

Dr. Morton sah Grimsby an. »Ich bekam eine Information von einem deutschen Kollegen, der diese wiederum von einer Gruppierung hat, die weltweit entkommene Kriegsverbrecher jagt.«

»Und daran besteht kein Zweifel?«

»Nicht der geringste!«

Grimsby nickte überzeugt und schickte sich an, das Labor zu verlassen. Vor der Tür wandte er sich noch einmal um.

»Dr. Albert Höring ist jetzt schon Geschichte.«

*

Seit einer geschlagenen halben Stunde saß Sergeant Peter Ewans bereits vor dem Büro des Superintendenten, der ihn zu sich bestellt hatte. Grund der Verzögerung war, dass sein unmittelbarer Vorgesetzter Chefinspektor Quester sich sozusagen vorgedrängelt hatte. Dessen Eilnachricht, die er Russell überbrachte, musste immens wichtig sein.

Dass es so war, konnte er durch die geschlossene Tür hören, denn beide Männer sprachen ziemlich laut und erregt miteinander.

»Wir müssen diesen William Grimsby unter die Lupe nehmen, Sir«, vernahm Ewans Quester sagen.

»Ist das wirklich die einzige Spur, die Sie haben, Chefinspektor?« Russells Stimme hob sich.

»Ja, Sir.«

»Ihnen ist doch bewusst, wie vage diese ist.«

»Auf jeden Fall ein Anfang, Sir.«

Warum der Chefinspektor, der gleichzeitig Leiter der Sonderkommission zur Aufklärung der Knife-Ripper-Morde war, überhaupt seinen Vorgesetzten nach einer Erlaubnis hinsichtlich der Ermittlungen gegen Grimsby fragte, lag auf der Hand. Denn jener war an einer der populärsten Adressen Londons gemeldet: in der Harley Street, dort, wo Dr. Morton seine Praxis hatte. Ein hochangesehener Arzt, Präsident der Ärztekammer und stattliches Mitglied der High Society.

Sergeant Ewans kannte ihn. Das hatte persönliche Gründe. Obwohl sein Verdienst als einfacher Beamter bei Scotland Yard bei Weitem nicht dafür ausreichte, von einer so renommierten Koryphäe wie Dr. Morton behandelt zu werden, hatte er genau das getan. Zu einem Spottpreis sozusagen. Allerdings war es dabei nicht um Ewans selbst gegangen, sondern um seine Frau Helen, die unheilbar an Lungenkrebs erkrankt und bereits von allen Ärzten aufgegeben worden war.

Dr. Morton war seine letzte Hoffnung gewesen. Tatsächlich gelang es ihm, Helen zu retten, die nun schon seit fünf Jahren krebsfrei und nun sogar schwanger war. Sie und ihr Mann erwarteten ein kleines Mädchen.

Als der Sergeant an die düstere, schwere und oft in tiefste Verzweiflung gipfelnde Vergangenheit dachte, bis Dr. Morton ihnen selbstlos geholfen hatte, traten Tränen in seine Augenwinkel. Gleichzeitig setzte sich in ihm ein Entschluss fest.

Er musste den Chirurgen vor seinem engsten Mitarbeiter William Grimsby warnen!

*

Dr. McLean alias Dr. Höring wohnte in der Nähe von Chelmsford in der Grafschaft Essex, ungefähr fünfundvierzig Kilometer nordöstlich von London. Allerdings weit außerhalb der Stadt in einem einsam stehenden Landhaus.

Grimsby fand die Adresse an diesem Sonntagvormittag auf Anhieb, war jedoch nicht minder überrascht darüber, dass der Deutsche mit seinem Reichtum nicht hinter dem Berg hielt. Dem Arzt schien es an Prestige nicht zu fehlen, trotz seiner dunklen Vergangenheit, in der er im Krieg Kinder für ein verbrecherisches Pharmaunternehmen reihenweise vergiftet hatte, um die Wirkung verschiedener toxischer Substanzen zu erforschen.

Dafür wird dir jetzt die Rechnung präsentiert, die du bezahlen wirst!, dachte Grimsby. *Zwar spät, aber immerhin.*

Er war wieder mit dem Leyland P76 unterwegs und natürlich in gewohnter Weise in Maske.

Unweit von Dr. McLeans Grundstück parkte er den Wagen. Es war ein Leichtes für ihn, die niedrige Umfassungsmauer zu überklettern, die nicht mit einer Alarmanlage gesichert war. Offensichtlich fühlte sich der Gehirnchirurg hier ungefährdet, vielleicht sogar unantastbar. Vorsichtig und geschickt drang er in das Haus ein, durchsuchte es. Es war niemand im Haus. McLean war allein auf dem Anwesen.

Grimsby ging aus dem Haus, rüber auf den sauber gemähten, bilderbuchgrünen Rasen. Dort hielt sich der Deutsche auf, der mit dem Rücken zu ihm auf einem Gartenstuhl an der Rückseite des Landhausgebäudes saß und Zeitung las.

Nachdem sich Grimsby bis auf zwei Meter an ihn herangeschlichen hatte, schien er etwas zu spüren, denn auf einmal schaute er irritiert über die Schulter. Als er den Eindringling bemerkte, der eine Pistole in der rechten Faust hielt, erstarrte er. Die blassen Augen in dem faltenzerfurchten Gesicht weiteten sich unwillkürlich. Er blieb sitzen, doch die Zeitung entfiel seinen zitternden Händen.

»Wer … wer sind Sie?« Seine Stimme war ungewöhnlich grell und hoch, klang fast wie das Schlagen einer Blechtrommel.

Grimsby grinste teuflisch. »Das braucht Sie nicht zu interessieren, Dr. McLean. Oder soll ich Sie lieber mit Dr. Höring ansprechen?«

Der Arzt, hager von Statur, zuckte wie unter einem Peitschenschlag zusammen. Hinter seiner Stirn arbeitete es.

»Ich weiß nicht, von was Sie sprechen«, entgegnete er zögernd.

»Wirklich nicht?« Grimsby lachte auf. »Ich werde Ihnen zuerst das linke und danach das rechte Kniegelenk zerschießen, dann sitzen Sie Ihr weiteres Leben im Rollstuhl! Dann nützt Ihnen auch Ihr Reichtum nichts mehr. Also versuchen Sie keine Spielchen mit mir, Sie verdammter Kindermörder!«

Dr. Höring wurde noch blasser, als er ohnehin schon war, blieb aber stumm.

Grimsby hob drohend die Pistole und zielte auf dessen linkes Knie. Der Zeigefinger um den Abzug krümmte sich. Doch bevor er abdrückte, brüllte der Deutsche: »Halt, warten Sie! Ich sage Ihnen alles, was Sie wissen wollen!«

»Das hört sich schon besser an!«, erwiderte Grimsby. »Sie werden mich jetzt begleiten.«

»Wohin denn? Und weshalb?«

»Keine Fragen! Stehen Sie auf!«

Widerwillig kam der deutsche Arzt der Aufforderung nach.

»Na los doch!« Grimsby deutete mit der Waffe auf den Weg, der ums Haus herum zur Ausfahrt führte.

»Sie ... Sie wollen mich einfach so am helllichten Tag entführen?« Dr. Höring schien langsam seine Fassung wiederzugewinnen.

Grimsby antwortete nicht, richtete stattdessen erneut die Mündung der Pistole auf die Knie des Mannes. Daraufhin befolgte dieser widerstandslos sämtliche Anweisungen des Eindringlings. Gemeinsam verließen sie das mondäne Grundstück.

Grimsby befahl dem Deutschen, sich hinter das Steuer des Leylands zu setzen und nannte ihm das Ziel, das sie nach einer Viertelstunde Fahrt durch dichte Wälder erreichten. Sie bogen von der Landstraße in einen fast gänzlich unbefahrenen Nebenweg ein. Am Straßenrand parkte Lloyd Albrights schwarzer Aston Martin. Maurice Vaultier, der den Wagen hergefahren hatte, stieg aus.

Als Grimsby mit dem Deutschen den Leyland verließ, nickte er Maurice Vaultier zu. Jetzt begann der gefährliche Teil des Planes, den Mortons Assistent eigenhändig ausführen wollte.

Er bedeutete Dr. Höring auf den Beifahrersitz des Aston Martin Platz zu nehmen, während er sich selbst auf den Fahrersitz setzte.

Dann startete er die Limousine und fuhr waghalsig genau die Strecke auf der Nebenstraße, die er mit dem Franzosen zuvor bereits ausgekundschaftet hatte.

Ohne die Geschwindigkeit zu verringern, raste der Aston Martin auf eine scharfe Haarnadelkurve zu. Nicht einen Moment lang dachte Grimsby daran, auf die Bremse zu gehen.

»Sind Sie wahnsinnig?«, brüllte Dr. Höring neben ihm, während er sich panisch am Türgriff festklammerte.

Grimsby antwortete nicht, sondern gab noch mehr Gas!

Mit halsbrecherischem Tempo schoss der Wagen in die scharfe Kurve hinein, schlingerte zunächst mit quietschenden Reifen hin und her. Das Chassis protestierte ächzend.

Grimsby riss das Steuer herum, vervielfachte somit die Fliehkräfte, die den Aston Martin erfassten.

Obwohl in Wirklichkeit alles rasend schnell ging, schienen sich die Bruchteile von Sekunden zu einer halben Ewigkeit zu dehnen.

Höring schrie jetzt wie am Spieß, wollte dem Fahrer ins Lenkrad greifen, aber es war bereits zu spät!

Der Aston Martin brach vollends aus, schleuderte von der Fahrbahn und krachte gleich darauf gegen einen riesigen Baumstamm. Blech kreischte, Glas splitterte, Kunststoff deformierte. Doch da war Grimsby schon längst draußen, der kurz zuvor die Fahrertür aufgestoßen hatte, um noch rechtzeitig herauszuspringen.

Der Aufprall auf dem Asphalt war hart, erschütterte seine Knochen bis ins Mark, doch die zuvor angelegte Schutzkleidung minderte den Aufprall erheblich. Mehrfach rollte er um die eigene Achse, bis er endlich zum Liegen kam. Wie er später feststellte, blieb nicht einmal eine Verstauchung oder Prellung von dieser Aktion zurück, lediglich ein paar blaue Flecken.

Als Grimsby wieder zu Atem kam, erhob er sich, blickte in Richtung des Aston Martins und ging die wenigen Schritte hinüber. Die Windschutzscheibe war komplett zersplittert, genauso die Seitenscheibe auf der Fahrerseite. Die Karosserie und der Rahmen hatten sich wie eine Ziehharmonika ineinander verschoben. Das verformte Lenkrad stand wie ein Fremdkörper vom eingedrückten Armaturenbrett ab. Die vordere abgerissene Stoßstange hatte sich wie eine Speerspitze in den Baum gebohrt.

Dr. Albert Hörings grotesk verdrehter Körper hing halb zur Frontscheibe heraus, lag auf der eingedellten Kühlerhaube. Sein Schädel war komplett deformiert, sodass weiße Knochen, zerrissenes Muskelfleisch, ausgetretene Hirnmasse und literweise dunkelrotes Blut zu sehen waren.

Als Maurice Vaultier mit dem Leyland zur Unfallstelle kam, platzierte Grimsby mit ihm zusammen den Leichnam auf die Fahrerseite, sodass es aussah, als ob dieser mit zu hoher Geschwindigkeit die Kurve genommen hatte und der Wagen gegen einen Baum prallte.

Dann fuhren sie nach London zurück.

*

»Ich muss dringend Dr. Morton sprechen.« Der jugendlich wirkende Mann mit dem kurzen Bürstenhaar blickte die attraktive Krankenschwester an, die seinen Puls unwillkürlich in die Höhe schnellen ließ.

»Haben Sie einen Termin?« Cynthia Barrington, die an diesem Morgen am Empfang der Praxis in der Harley Street saß, weil sie eine erkrankte Kollegin vertrat, setzte ihr umwerfendes Lächeln auf.

Der Mann vor ihr trat verlegen von einem Fuß auf den anderen. »Nein, aber es ist sehr wichtig.«

»Bedaure, Mr. …«

»Sergeant Ewans, Scotland Yard«, ergänzte der Beamte und zeigte seinen Dienstausweis.

»Das ist natürlich etwas anderes, Sir«, entgegnete Cynthia professionell, griff nach dem Telefonhörer und wählte die Nummer des Chefs, mit dem sie ein paar Worte wechselte.

Als sie auflegte, meinte sie: »Dr. Morton ist Ihr Name geläufig. Ich führe Sie zu ihm.«

Gleich darauf stand Ewans im Arztzimmer des Chirurgen. Sie begrüßten sich höflich und der Beamte nahm vor dem Schreibtisch Platz.

»Nun, Sergeant Ewans, was führt Sie zu mir? Geht es vielleicht um Ihre Frau … Helen … glaube ich, war ihr Name?«

»Nein, Sir, dank Ihrer Hilfe erfreut sie sich bester Gesundheit. Wir erwarten sogar ein Kind. Ein Mädchen.«

»Gratuliere, Sergeant. Das sind gute Nachrichten. Aber weshalb sind Sie dann hier? Etwa aus dienstlichen Gründen?«

Der jugendlich wirkende Beamte nickte, druckste etwas herum. Schließlich rückte er mit der Sprache heraus. »Eigentlich dürfte ich gar nicht hier sein. Denn mit meinem Besuch und dem, was ich Ihnen nachfolgend berichten werde, verstoße ich gegen sämtliche Dienstgeheimnisse. Wird dies publik, muss ich mit einem Disziplinarverfahren der internen Revision und einer anschließenden Verurteilung durch ein Gericht rechnen. Das wäre das Ende meiner Karriere.«

Dr. Morton hatte unbewegt zugehört. »Dann scheint der Anlass ja sehr gewichtig zu sein.«

»Das ist er in der Tat.«

»Natürlich können Sie meiner uneingeschränkten Diskretion vertrauen.«

Der Beamte, der bislang zu Boden geblickt hatte, schaute nun auf. »Ich verstehe mein diesbezügliches Agieren als eine Geste der Wiedergutmachung für all das, was Sie für Helen und mich getan haben. Deshalb bin ich hier.«

»Um was geht es, Sergeant?«

Der Yard-Beamte schilderte seinem Gegenüber, dass es neue Todesfälle gab, die dem sogenannten Knife-Ripper zugerechnet wurden. Zwei junge Mädchen, Sherill Meyer und Eva Pravney, die bestialisch auf dem Brady Street Cemetery abgeschlachtet worden waren. Genauso wie die anderen Opfer, darunter auch Sarah Jackson.

»Miss Jackson ist der eigentliche Grund, warum ich Sie aufsuche, Dr. Morton. Denn ein Zeuge meldete sich bei uns. Dieser sah, wie der mutmaßliche Mörder, der die Frau bereits zuvor beobachtete, schließlich von dem Parkplatz verschwand, auf dem sie in ihrem Fahrzeug getötet wurde.«

Der Chirurg krauste die Stirn. »Noch kann ich Ihnen nicht ganz folgen, was das mit mir zu tun haben könnte, Sergeant.«

Ewans taxierte sein Gegenüber mit festem Blick. »Der Wagen, in den der mutmaßliche Mörder anschließend stieg, war ein alter Austin A 60.«

In Glenn Mortons Bewusstsein schrillten sämtlich Alarmglocken, er ließ sich äußerlich jedoch nichts anmerken. Vielmehr setzte er erneut eine Miene des Unverständnisses auf.

»Der Zeuge konnte sich das Kennzeichen des Wagens merken«, versuchte Ewans ihm auf die Sprünge zu helfen. »Der Fahrzeughalter ist ein gewisser William Grimsby!«

Als der Chirurg auf diese Eröffnung nicht reagierte, fügte der Sergeant an: »Und dieser wiederum ist Ihnen ja sicherlich kein Unbekannter, schließlich ist er hier als wohnhaft gemeldet und Ihr Chauffeur.«

»Ganz gewiss nicht«, tauchte Morton scheinbar in tiefe Gedanken versunken wieder in die Wirklichkeit zurück.

»Ich wollte Ihnen das einfach inoffiziell mitteilen. Zum einen, weil Sie wohl schon bald Besuch von Chefinspektor Quester bekommen werden. Und zum anderen, weil eine Person Ihres Ansehens den Skandal vermeiden sollte, der zwangsläufig entstehen würde, wenn Mr. Grimsby tatsächlich der gesuchte Knife-Ripper ist. Zumal …«, der junge Beamte machte eine kurze Pause, um den folgenden Worten mehr Gewicht zu verleihen, »… es nicht ungefährlich für Sie, Ihr Personal und Ihre Patienten ist, wenn sich ein solcher Täter in Ihrer Praxis aufhält, Sir.«

»Noch sind das alles nur reine Spekulationen, Sergeant.«

»In der Tat. Verstehen Sie meinen Besuch deshalb nur als Vorwarnung. Aber vielleicht könnten Sie mit mir in dieser Angelegenheit auch kooperieren.«

Jetzt war Morton überrascht. »Sie sprachen soeben Chefinspektor Quester an. Soweit ich aus den Nachrichten weiß, ist er zum Leiter der Sonderkommission berufen worden.«

»Das ist richtig. Aber angenommen, mir selbst würde es mit Ihrer Hilfe gelingen, William Grimsby als den Knife-Ripper unter Umgehung der dienstlichen Rangordnung zu stellen, dann würde das einen großen Sprung für meine Karriere bedeuten.« Wieder hielt der Beamte kurz inne. »Und für Helen und unser Baby, das bald auf der Welt sein wird.«

»Ich verstehe, Sergeant Ewans. Eine Hand wäscht die andere, nicht wahr?«

»Sozusagen, Sir.«

»Danke, dass Sie mich informiert haben. Wie ist eigentlich der Name des Zeugen?«, fragte Morton scheinbar völlig nebensächlich.«

»Sie wissen, dass ich Ihnen das nicht sagen kann, Sir.«

»Das wäre ein erster Schritt zu einer vertrauensvollen Zusammenarbeit, Sergeant.«

Ewans erhob sich. »Ich werde darüber nachdenken, Sir.«

Er ging zur Tür und verließ die Klinik.

*

Nachdem Grimsby und Vaultier aus Chelmsford in die Harley Street zurückgekehrt waren, bat Morton seinen Assistenten zu sich ins Büro.

»Ist Dr. Höring entsorgt?«, fragte er ihn.

»Das kann man so sagen. Er wird nie mehr Hand an ein Kind anlegen.«

»Und es sieht alles wie ein Unfall aus?«

Grimsby nickte.

»Gut, dann kommen wir jetzt zu einem anderen Thema. Ich hatte heute Morgen schon inoffiziellen Besuch von Scotland Yard.«

Grimsby sah Morton fragend an, der ihm gleich darauf anvertraute, was Sergeant Ewans ihm offenbart hatte.

»Mit den Morden habe ich nichts zu tun. Das habe ich Ihnen bereits gesagt. Vielmehr scheint es einen Killer zu geben, der ähnlich vorgeht wie ich.«

»Und dieselben Vorlieben nach jungen Frauen oder jugendlichen Mädchen hat«, ergänzte Morton ohne Vorwurf in der Stimme. »Wie auch immer: Scotland Yard wird sich auf einen Täter einschießen, um der Öffentlichkeit endlich den Knife-Ripper präsentieren zu können. Dabei könnten Sie schnell in die Schusslinie geraten.«

»Wir müssen uns etwas einfallen lassen. Am besten sage ich, dass mein Wagen in der Tatnacht gestohlen wurde, ich ihn wiederbeschaffte und …«

»Das würde sich eher wie eine konstruierte Geschichte anhören, William. Ich habe eine bessere Idee.«

»Und welche, Sir?«

»Wir müssen für den Knife-Ripper ein Double finden.«

»Ich verstehe nicht ganz …«

»Jemandem, dem wir glaubhaft die Morde in die Schuhe schieben können, sodass Scotland Yard davon ausgeht, den mutmaßlich richtigen Täter gefasst zu haben.«

»Wie sollen wir das anstellen?«, fragte Grimsby skeptisch.

»Sie schaffen unauffällig eine geeignete Person heran, die wir genauso umpolen wie Lloyd Albright. Diese wird dann die Knife-Ripper-Morde gestehen.«

»Warum nehmen wir nicht gleich den Bankier dafür?«

Morton hob bedauernd die Schultern und ließ sie wieder sinken. »Mr. Albright befindet sich bereits auf dem Weg zum Yard. Es ist zu spät.«

»Schade. Zu dem Familienmord hätte er ohne Weiteres noch ein paar andere zugeben können.«

»Wollen wir das wissenschaftliche Glück nicht herausfordern. Ich bin erst hundertprozentig sicher, dass die Gehirnmanipulation funktioniert, wenn die Nachrichten vermelden, dass der Bankier das dreifache Tötungsdelikt an seiner Familie gestanden hat.«

Grimsby nickte gedankenversunken. »Doch da wäre noch etwas. Vorausgesetzt, ich finde eine geeignete Person, deren Verschwinden nicht auffällt und die sich zu den Knife-Ripper-Morden bekennt. Dank Ihrer chirurgischen Nachhilfe. Was, wenn danach der richtige Täter wieder zuschlägt? Spätestens dann wird man wissen, dass der Falsche gestanden hat und die Ermittlungen gegen mich erneut aufnehmen.«

»Sie haben recht William, das ist ein Problem. Deshalb muss der echte Mörder zuvor ausgeschaltet werden. Um das zu bewerkstelligen, habe ich einen Plan B.«

Wieder blickte Grimsby den Chirurgen fragend an.

»Schwester Barrington!«

»Sie wollen Cynthia tatsächlich als Lockvogel für den Knife-Ripper benutzen?«

»In der Tat, das will ich. Vor Ihrer Rückkehr aus Chelmsford habe ich bereits mit ihr darüber gesprochen. Sie ist einverstanden.«

Grimsby grinste wölfisch. Das wunderte ihn nicht. Die Krankenschwester war für jedes noch so riskante Abenteuer zu haben. »Aber wie soll der Knife-Ripper überhaupt von ihr erfahren, um sich letztlich mit ihr treffen zu können?«

»Dahingehend hat sie gewisse Ideen«, antwortete Morton und weihte seinen Assistenten gleich darauf ein.

»Wir arbeiten also doppelgleisig«, resümierte der Chirurg. »Zum einen wird es einen falschen Killer geben, der die Morde gesteht, vorausgesetzt das Experiment ist erfolgreich. Zum anderen besteht über Cynthia noch die Möglichkeit, den wahren Knife-Ripper zu überführen.«

»Ein genialer Plan, Sir.«

*

Das eigentlich für unmöglich gehaltene Bekenntnis von Lloyd Albright war eine Sensation!

Tagelang berichtete die nationale und internationale Presse über nichts anderes. Genüsslich wurde jedes einzelne Detail der abscheulichen Mordtaten präsentiert, von TV-Ermittlern auseinandergenommen und von mediengeilen Psychologen bewertet.

Die Meldung vom Unfall des renommierten Gehirnchirurgen Dr. Albert McLean hingegen war nicht mehr als eine Randnotiz wert.

Weder für Superintendent Russell noch für Inspektor Quester blieb Zeit, sich in diesen Tagen mit dem Knife-Ripper zu beschäftigen. Zudem ereigneten sich keine neuen Morde. Das alles verschaffte Dr. Morton und vor allem Grimsby etwas Luft, um diesbezüglich ihre eigenen Pläne weiter voranzubringen.

Natürlich war Morton erfreut darüber, dass die Gehirnmanipulation mit der Steuerungszelle bei Albright funktioniert hatte. Der Bankier befand sich inzwischen in Untersuchungshaft und würde unzweifelhaft erneut vor Gericht gestellt und dieses Mal abgeurteilt werden. Das bestärkte Morton nur noch darin, dass Grimsby einen Sündenbock für den Knife-Ripper finden musste, um bei ihm gleichermaßen einen Eingriff am Gehirn durchzuführen.

Für diese Rolle hatte sich Grimsby Jacob Friday auserkoren, einen kriminellen Zuhälter aus Soho, der in der Szene Pussy Man genannt wurde. Grimsby kannte ihn von früher her. Niemand würde ihn vermissen. Nur die Nutten, die ihm Geld abdrücken mussten, würden sich vielleicht wundern, warum er von heute auf morgen nicht mehr auftauchte.

An diesem Abend war Grimsby wieder in Maske im berüchtigten Viertel unterwegs, das ein Stadtteil im Londoner West End in der City of Westminster war. Hier gab es viele Theater, Clubs, Bars und Restaurants. Im südlichen Bereich war Chinatown beheimatet, in der sogar die Straßenschilder auf Mandarin geschrieben waren.

Doch dafür interessierte sich Grimsby nicht, suchte vielmehr das verruchte Rotlichtviertel auf. Es dauerte nicht lange, bis ihm die ersten Huren begegneten, die ihm unverblümt ihre Avancen machten, die er allerdings ignorierte. Er fragte ausschließlich nach Pussy Man. Schließlich bekam er den Tipp, wo er den Zuhälter finden konnte.

Die schäbige Bar hieß eigentlich *Golden Lady Club*, doch bereits das Äußere widersprach diesem Eindruck. Das rechteckige Gebäude bestand aus Betonsteinen, die schwarz angestrichen waren. Die Fenster waren vermauert, sodass niemand von außen hineinschauen konnte. Dagegen war die Metalltür, über der eine mit Spinnenweben umhüllte Lampe mit dem Schriftzug der Bar flackerte, rot wie Blut.

Als Grimsby sie quietschend aufzog, schlugen ihm kalter Zigarettenrauch und der Geruch nach billigem Parfüm, Schweiß und Alkohol entgegen. Uralte Deckenventilatoren verteilten diesen Kneipengestank in dem rechteckigen Raum, der in ein schummriges Licht wie in einer Geisterbahn gehüllt war. Die Wände waren ausnahmslos schwarz und rot gestrichen. Ein Pub, in dem sich Teufelsanbeter zu treffen schienen, die in dieser Zeit sehr in Mode waren.

Für einen Moment war Grimsby versucht, die Luft anzuhalten, als er durch den Schankraum auf die Bartheke zusteuerte. Unter seinen Schuhsohlen knirschten Glasscherben. Links vom Tresen gab es eine kleine Bühne, die eigentlich nicht mehr als ein besserer Laufsteg war. Auf ihr zog ein nacktes blutjunges Mädchen mit schwarz angemaltem Gesicht und mit vor Drogen glänzenden Augen gelangweilt eine Strip-Show mit Dildo-Einlage ab.

Mortons Assistent hätte nicht damit gerechnet, dass es in einem solchen Pub wie diesem so etwas gab. Die überwiegend männlichen Gäste, die entweder am Tresen standen oder an den zahlreichen runden Tischen saßen, unterhielten sich lautstark. Einige von ihnen konnten ihre lüsternen Blicke nicht von der Stripperin auf der provisorischen Bühne lassen.

Grimsby fand noch einen freien Hocker am Tresen, setzte sich darauf und bestellte beim fettleibigen Barkeeper, der aussah, als hätte man ihn vom Grund eines Sumpfes ans Licht gezerrt, ein Pint. Am Glas nippend sah er sich in dem Raum um, während die donnernde Musik aus den Lautsprechern über ihm seine Trommelfelle bis zum Äußersten malträtierte.

Die Anwesenden waren fast alle in schwarze Kleidung gehüllt; Kunstlederwesten, Pullis, T-Shirts oder weitärmlige Seidenhemden mit Szene-Stickereien.

Ein anderes Mädchen strippte nun auf der Bühne. Eine hübsche Farbige mit einer grünen Armeemütze auf den Kraushaaren und einem Teufels-Tattoo zwischen den üppigen Brüsten. Zu dem camouflagefarbenen Bikini trug sie Lacklederstiefel mit Stiletto-Absätzen. Mit ihren grazilen Bewegungen brachte sie das Publikum zum Schwitzen, Geifern und Brüllen.

Grimsby beachtete sie nur am Rande, ließ seinen Blick weiter durch den Pub schweifen. Er hatte nur eine vage Beschreibung von Jacob Friday, konnte aber keinen entsprechenden Mann ausmachen.

Die farbige Stripperin hatte ihre Nummer beendet, stieg von der Bühne und stakste quer durch den Raum direkt auf ihn zu. Ihr Blick war ebenfalls von Koks getrübt, dass sie sicher vor ihrem Auftritt im Hinterzimmer durch eine zusammengerollte Pfundnote geschnupft hatte. Vor Grimsby blieb sie stehen, musterte ihn und verzog dann ihr hübsches, ebenholzfarbenes Gesicht zu einem gewinnenden Lächeln.

»Gibst du mir einen Drink aus, Baby?«, fragte sie mit rauchiger Stimme.

»Nur unter der Voraussetzung, dass du das *Baby* weglässt!«

Die Farbige verzog ihren Schmollmund erneut. »Ein Mann, der den Ton angibt, gefällt mir.« Unaufgefordert setzte sie sich Grimsby auf den Schoss. Er roch ihr billiges Parfüm.

»Ich bin Black Cat und wie heißt du?«, säuselte sie.

»White Tiger«, gab Mortons Assistent ungerührt zurück.

Die Stripperin fing an zu lachen, konnte sich kaum mehr beruhigen. »Der war gut«, prustete sie zwischendurch und gab dem Barkeeper einen Wink, der ihr gleich darauf den teuersten Cocktail dieses verruchten Etablissements auf den Tresen stellte. Danach stieß sie mit dem Mann an, auf dessen Schoß sie saß, die Regung in der Hose nicht ignorierend.

Doch bevor sie einen dementsprechenden Spruch machen konnte, flüsterte ihr Grimsby ins Ohr. »Kennst du Pussy Man?«

Die Frau blickte über die Schulter, sah ihn mit ihren großen, dunklen und vollgekoksten Augen halb abwesend an.

»Klar, White Tiger. Wer kennt ihn nicht?«, schnurrte sie ganz dicht an seinem Ohr.

»Beispielsweise ich«, gab Grimsby ungerührt zurück.

»Wenn du ein paar Pfund für einen Privat-Strip ausgibst, dann verrate ich dir, wer es ist.«

»Komm mir bloß nicht auf diese Tour!« Grimsbys Tonfall hatte sich schlagartig verändert, klirrte wie Eis. Er konnte sogar die Gänsehaut auf dem Rücken der jungen Farbigen sehen, die sich plötzlich gebildet hatte. »Also, wer von diesen Typen ist Pussy Man?«

Sekunden des Schweigens vergingen wie in Zeitlupe. Die Stripperin überlegte, wagte es aber nicht, eine falsche Antwort zu geben.

Die Musik schien noch lauter und aufdringlicher, als sie ohnehin schon war.

»Hab dich nicht so, Black Cat. Ich will bloß mit ihm reden«, versuchte es Grimsby wieder auf die sanfte Tour. Was er nicht gebrauchen konnte, war, dass die Stripperin Stress machte.

Doch er war bereits zu weit gegangen. Wie von der Tarantel gestochen sprang die Farbige plötzlich von seinem Schoß. In die

Leere ihres Gesichtsausdrucks mischte sich namenlose Wut.

Die Männer um sie herum wurden jetzt auf sie aufmerksam, was Grimsby absolut nicht passte. Wahrscheinlich dachten sie, er wäre der Stripperin zu nahegekommen, soweit das überhaupt möglich war.

Black Cat registrierte, dass sie von den Gästen Hilfe bekommen würde. Ihr Verhalten verkehrte sich von einem Moment zum anderen ins komplette Gegenteil. Aus der schnurrenden Katze war eine kläffende Hündin geworden.

Bei Grimsby schrillten sämtliche Alarmglocken.

»Gibt's ein Problem, Black Cat?« Die Stimme in seinem Rücken gehörte dem Barkeeper. Zwei Männer, die neben ihnen am Tresen saßen, erhoben sich.

Grimsby blieb nichts anderes übrig, als es ihnen nachzumachen, sollte er sich verteidigen müssen. Die Situation wurde langsam brenzlig. Allerdings wollte er unnötiges Aufsehen vermeiden, obwohl er mit seiner Latexmaske und der karierten Schiebermütze auf der langhaarigen Perücke wohl kaum identifiziert werden konnte.

»Der Kerl fragt nach Pussy Man!« Die farbige Stripperin war einige Schritte von Grimsby zurückgetreten.

Der Barkeeper kam um die Theke herum und baute sich vor ihm auf, flankiert von den beiden anderen Männern.

»Was willst du von Pussy Man?« Die Kiefermuskeln des Wirts mahlten bei jedem einzelnen Wort, das er ausspie.

»Das will ich ihm selber sagen«, versuchte es Grimsby noch einmal im Guten.

Die Mundwinkel seines Gegenübers wanderten leicht nach oben, sodass sich auf seinen feisten Wangen Grübchen bildeten. Es war das hässlichste Lächeln, das Grimsby jemals gesehen hatte. Selbst Nonnen wären bei diesem Anblick schreiend aus der Kirche gerannt.

Zum Glück durchschaute er, dass das nur eine Ablenkung war. Denn unvermittelt holte der Barkeeper aus, um ihn mit einem mächtigen Schwinger von den Beinen zu holen.

Grimsby konnte sich gerade noch rechtzeitig unter dem Schlag wegducken. Die Faustknöchel seines Gegners verfehlten ihn nur um Haaresbreite. Durch den Schwung, den dieser in den Haken gelegt hatte, verlor er jedoch nicht das Gleichgewicht, sondern ging sofort zum nächsten Angriff über. Das zeichnete ihn trotz seiner Körperfülle als einen echten Straßenkämpfer aus.

Doch Grimsby kam dem Wirt zuvor, versetzte ihm eine harte Rechte mitten ins Gesicht, traf ihn genau auf den Nasenrücken. Dessen Augen wurden starr vor Schock und dann glasig. Wie ein nasser Sack kippte er um. Als er aufblickte, war er kalkweiß. Blut lief ihm aus der Nase.

Grimsby blieb jedoch keine Zeit zum Durchatmen. Wie auf einen stummen Befehl hin stellten sich ihm die beiden anderen Männer entgegen. Aber auch die übrigen Gäste, die wohl alle eine verschworene Gemeinschaft bildeten, wollten nun mitmischen, den Fremden sprichwörtlich in Stücke hauen. Gegen diese Übermacht hatte Grimsby keine Chance.

»Wir zeigen's dem verfluchten Kerl, Pussy Man«, brüllte einer durch den Lärm.

Grimsby blickte kurz in diese Richtung und sah plötzlich einen Mann, auf den die Beschreibung des Zuhälters passte. Er stand im Hintergrund und grinste gemein.

Mehr Zeit hatte Mortons Assistent nicht, denn der Pulk der zunehmend wütender werdenden Meute rückte wie eine Wand auf ihn zu. Gleich würde sie ihm den Weg zum Ausgang abschneiden. Im fleckigen Spiegel, der über der Bar hing, konnte er sehen, wie der zweite Barkeeper einen Baseballschläger unter dem Tresen hervorholte.

Es wurde höchste Zeit für ihn, dass er hier rauskam!

Grimsby wirbelte herum, schlug und trat wahllos in die Menge, schaffte es gerade noch, seitlich an dem aggressiven Mob vorbei zur Tür. Gleich darauf war er unbehelligt aus dem *Golden Lady Club* heraus. Seine Laune war so frostig wie ein sibirischer Winter, denn sein Plan war fehlgeschlagen.

Nicht ganz, beruhigte sich Grimsby langsam. Immerhin wusste er nun, wer Jacob Friday war. Deshalb dachte er keineswegs an Rückzug. Im Gegenteil, er verbarg sich hinter einer Plakatwand gegenüber dem Eingang des Clubs und beobachtete die Tür.

Es dauerte bis in die frühen Morgenstunden, als Pussy Man endlich erschien. Völlig betrunken wankte er mehr, als dass er ging, Richtung Taxistand. Davon trennten ihn jedoch noch einige Hundert Yards.

Er ahnte nicht einmal, dass ihm ein Verfolger auf den Fersen war. Gleich gar nicht in seinem alkoholisierten Zustand.

An einer geeigneten, dunklen Stelle schlug Grimsby dem Zuhälter von hinten einen Totschläger über den Schädel, zerrte ihn in den uneinsehbaren Hauseingang eines leerstehenden Gebäudes. Dann holte er seinen Wagen und lud Friday in den Kofferraum.

Dr. Morton hatte nun sein Knife-Ripper-Double.

*

Cynthia Barrington hingegen spielte ein ganz anderes Spiel. Eines, das sie sich aufgrund ihres atemberaubenden Aussehens auch leisten konnte. Selbst mit den Latexteilen, mit denen Grimsby fachkundig ihr Gesicht verändert hatte, der schwarzen Perücke und dem künstlich getönten Teint.

Dermaßen verwandelt war sie die letzten Nächte in verschiedenen einschlägigen Clubs unterwegs gewesen, um das Gerücht zu streuen, dass sie glaubte, der Knife-Ripper sei in Wirklichkeit homosexuell. Vielleicht stand er sogar auf Sex mit Tieren und kompensierte diesen abartigen Trieb mit seinen Taten an jungen Frauen. Auf jeden Fall sei er nicht normal, ein Feigling und kein richtiger Mann. Sie würde mit so einem Kerl mit links fertig werden.

Das sorgte natürlich für Gelächter in der Szene sowie für die beabsichtigte verbale Weiterverbreitung, dass eine hübsche Schwarzhaarige ihren Mund zu voll nahm und aufpassen musste, nicht selbst in die Fänge des Rippers zu geraten.

In derselben Nacht, in der Grimsby in Richtung Soho unterwegs war, lernte Cynthia in einem verrufenen Lokal in Whitechapel einen blonden, braungebrannten und athletisch gebauten Mann kennen.

Als sich Logan, wie er sich gleich darauf vorstellte, zu ihr an den Zweiertisch gesellte, sie mit seinem Sonnyboy-Lächeln anstrahlte und dabei schneeweiße Zähne präsentierte, musste sie aufpassen, ihre eigentliche Aufgabe nicht zu vergessen.

»Was für ein schönes Paar«, ulkte die schmierige Bedienung, eine spindeldürre, fast zahnlose Alte und schenkte ihre Drinks nach.

Zwischen den beiden entspann sich ein harmloser Small Talk, mehr ein Flirt, gepfeffert mit anzüglichen Bemerkungen, die eindeutig waren. So sah es jedenfalls für unbedarfte Beobachter aus. Doch weder Cynthia, die sich als »Sally« vorgestellt hatte, dachte daran, mit dem Mann etwas anzufangen, noch Logan.

Der inkognito arbeitenden Krankenschwester war längst klar, dass es sich bei dem Kerl neben ihr mit aller Sicherheit um den gesuchten Knife-Ripper handelte. Denn auf ihre getarnten Fangfragen hatte er entsprechende Antworten gegeben, die sie

zu diesem Schluss kommen ließen. Gleichwohl musste sie davon ausgehen, dass Logan ebenfalls ahnte, dass sie diejenige war, die ihn in der Öffentlichkeit bloßgestellt und lächerlich gemacht hatte. Sie musste also ebenfalls auf der Hut sein.

So spielten beide ihre Spielchen weiter.

Draußen vor der Tür wartete Maurice Vaultier auf seinen Einsatz. Sobald Cynthia mit dem Killer das Lokal verließ, um scheinbar mit ihm in ihre Wohnung zu gehen, würde er sie abpassen und den Killer hinterrücks überwältigen. So zumindest war der Plan.

Wie zufällig berührte Logan mit der linken Hand, die auf dem Tisch lag, Cynthias pralle Brust. Gewaltsam musste sie sich zusammenreißen, um nicht zurückzuzucken. Aber da sie wusste, wie sie den Mann herumkriegen konnte, drückte sie ihren Busen nur noch fester gegen seine Finger, sodass er ihre harten Nippel unter dem BH spüren konnte.

Sicher wollte er sie zuerst vergewaltigen und dann töten. Um diesen Vorsatz wahrzumachen, setzte er ganz offensichtlich all seinen Charme ein.

Grinsend beobachtete die potthässliche Bedienung die diesbezüglichen Bemühungen, hatte mit ihrem Kollegen in der Küche eine Wette abgeschlossen, ob Logan es schaffte, die Hübsche doch noch rumzukriegen. Um ihm ein wenig Schützenhilfe zu geben, und damit auch ihrem Wetteinsatz, legte sie entgegen ihrer normalen Überzeugung Schmusemusik auf, die nun aus dem Kassettenrecorder klang.

Es war nur noch ein weiteres Paar anwesend, das aufgrund der romantischen Klänge in Nostalgie der alten Tage verfiel.

»Na los, Logan, leg mit der Kleinen mal eine heiße Sohle auf die Fläche!«, forderte die Bedienung mit einem zahnlosen Grinsen.

Der Schönling kam nun nicht umhin, Cynthia zu fragen, die natürlich einwilligte. Je mehr Körpereinsatz, umso besser, sagte sie sich.

Tatsächlich schmiegte sich der mörderische Buchhalter ganz eng an sie, sodass sie an ihrem Schritt sein hartes Glied unter der engen Hose spüren konnte. Aufreizend rieb sie sich an ihm, um ihn noch mehr auf Touren zu bringen.

Nach den ersten beiden Songs löste sie sich aus seiner Umarmung und sah ihm offen ins Gesicht. »Ich will dich jetzt! Lass uns zu mir gehen, ich wohne nur ein paar Blocks von hier entfernt.«

Logan strich sich eine blonde Locke aus der Stirn und setzte erneut sein Sonnyboy-Lächeln auf. »Kannst du Gedanken lesen, Sally? Dasselbe wollte ich dir auch gerade vorschlagen.«

Ganz der Gentleman übernahm er die Rechnung. Als er dann mit seiner scheinbaren Eroberung den Pub verließ, rieb sich die Bedienung die Hände und kassierte von ihrem Kollegen den Wetteinsatz.

Der Himmel über London graute schon. Es gab kaum Verkehr. Verstohlen spähte Cynthia zum gegenüberliegenden Straßenrand hinüber, an dem Vaultiers Wagen stand. Den Franzosen selbst konnte sie nicht ausmachen. Sicher kauerte er auf dem Beifahrersitz, um nicht entdeckt zu werden.

Die Krankenschwester hängte sich bei Logan unter. Gemeinsam gingen sie scheinbar beschwingt des Weges, obwohl sie beide ganz andere Ziele verfolgten.

Als sie an einer dunklen, schmalen Durchfahrt vorbeikamen, geschah es!

Brutal packte Logan seine Begleiterin an den Schultern und riss sie in die Finsternis hinein.

Cynthia, die zwar mit einer Attacke gerechnet hatte, wurde in diesem Moment dennoch völlig überrascht.

Mit der Rechten versetzte ihr der Killer eine schallende Ohrfeige, die einen roten Handabdruck auf ihrem Gesicht hinterließ. Mit der Linken hielt er ihren Mund zu, damit sie nicht schreien konnte.

Cynthia war von dem Schlag halb betäubt. Alles vor ihren Augen verschwamm in einem roten Nebel. Sie glaubte sogar, dass ihr Trommelfell geplatzt war, so pfiff es in dem getroffenen Ohr.

Kaltblütig schleuderte Logan sie zu Boden. Cynthia schlug sich den Kopf an einer Hauswand an. Panik stieg in ihr hoch. Mit dem letzten Funken ihres Überlebenswillens versuchte sie, das Bewusstsein nicht zu verlieren, denn das wäre unweigerlich ihr Ende gewesen.

Wo war Vaultier?

Eine lange Schrecksekunde dachte sie daran, dass der Franzose während der Observation vielleicht im Wagen eingeschlafen und es ihm deshalb entgangen war, dass sie mit dem Killer den Pup verließ.

»Bevor ich dir deine verfluchte Kehle aufschlitze, werde ich dich spüren lassen, dass ich keineswegs auf Tiere stehe, nicht schwul und nicht minderbemittelt und gleich gar kein Feigling oder kein richtiger Mann bin!«

Logan spie die Worte geradezu aus, beseelt von Wut und Hass auf das halbbetäubte Flittchen zu seinen Füßen. Er beugte sich zu ihr hinab, schob ihr den Minirock über die glatten, schlanken Schenkel, zerriss ihren Slip und öffnete seine Hose.

Cynthia, die immer noch hilflos dalag, roch seinen alkoholgeschwängerten Atem. Der Ekel, den sie empfand, brachte sie augenblicklich aus dem Zustand zwischen Wachen und Ohnmacht wieder in die Wirklichkeit zurück. In dem Moment, als der Mann gewaltsam in sie eindringen wollte, riss sie blitzschnell und kraftvoll das rechte Knie in die Höhe.

Logan schrie gedämpft auf vor Schmerz und Überraschung, rollte sich von dem wehrlos geglaubten Opfer herunter. Mit beiden Händen umfasste er seine Genitalien.

Währenddessen versuchte Cynthia von ihm wegzukriechen, doch da spürte sie seinen eisernen Griff um ihren linken Knöchel. Verzweifelt wollte sie sich freistrampeln, traf dabei den Killer mit dem Schuhabsatz gegen die Brust, doch dessen Finger lockerten sich keinen Deut.

Vaultier!, gellte es in ihr. Noch immer war sie nicht vollends bei Sinnen und wusste, dass sie dem körperlich überlegenen Mann nichts mehr entgegenzusetzen hatte.

Jäh und ohne Vorwarnung blitzte ein langes, schmales Messer in seiner rechten Hand auf. Mit der anderen hielt er sein Opfer weiter fest. Sein ansonsten so attraktives Gesicht verzerrte sich zu einer schrecklichen Fratze und aus den Augen sprühte pure Mordlust.

»Jetzt stopfe ich dir dein verfluchtes Maul! Und zwar für immer!«

Vor Cynthias getrübtem, aber geweitetem Blick holte der Killer aus. Gleich darauf sauste die Messerklinge auf ihre Kehle zu …'

In dieser Sekunde geschah etwas, mit dem Logan nicht gerechnet hatte.

Aus der Dunkelheit tauchte plötzlich wie ein Geist eine Gestalt auf, die dem Killer mit einem wuchtigen Fußtritt das Messer aus der Hand prellte, bevor die rasiermesserscharfe Klinge ihr Ziel fand.

Maurice Vaultier wollte nachsetzen, doch sein Gegner war raffinierter und erfahrener als er selbst. Vielleicht hätte es Grimsby mit ihm aufnehmen können, aber für den Franzosen war er einfach eine Nummer zu groß.

Aus der Hocke schnellte Logan Dexter in die Höhe und rammte dem so unerwartet aufgetauchten Mann seinen Kopf in den Unterleib.

Vaultier verlor das Gleichgewicht und stürzte seinerseits zu Boden. Gleich darauf war der Killer über ihm. In seiner Faust lag ein Backstein, den er vom Asphalt aufgehoben hatte, mit dem er seinem Gegner den Schädel einschlagen wollte.

Er holte aus, hielt aber unerwartet mitten in der Bewegung inne. Ungläubig starrte er auf den Franzosen hinab. Der Backstein entglitt seinen Fingern. In seinem Nacken steckte sein eigenes Messer, das ihm Cynthia von hinten in den Hals gerammt hatte. Ein Blutstrahl spritzte gegen die Hauswand. Dann fiel der Killer wie in Zeitlupe neben Maurice Vaultier zu Boden.

Keuchend erhob sich der Franzose, stützte Cynthia, die jetzt noch unsicher auf den Beinen war. Es dauerte eine Minute, bis sie die drohende Ohnmacht und den rasenden Schwindel zurückgedrängt hatte.

Logan war ohne Zweifel tot. Seine gebrochenen Augen starrten in das Morgengrauen.

»Wir müssen von hier verschwinden«, mahnte der Franzose. Bislang war noch niemand auf den Kampf aufmerksam geworden, was sicherlich daran lag, dass zu dieser frühen Stunde kaum Passanten unterwegs waren. Gleich gar nicht in dieser stillen, schmalen Durchfahrt.

Gewissenhaft überprüften Maurice und Cynthia, ob sie Spuren hinterlassen hatten, mit denen man sie in Verbindung bringen oder gar überführen konnte. Doch das war, soweit es die Sichtverhältnisse zuließen, nicht der Fall. Allerdings nahmen sie das Messer an sich.

Schleunigst verließen sie den Tatort, kehrten zum Lokal zurück, setzten sich in den gegenüber parkenden Wagen und fuhren davon.

*

»Wie gut, dass wir wenigstens den Zuhälter in unserer Gewalt haben«, meinte Grimsby trocken, nachdem Cynthia und Maurice ihren Bericht beendet hatten. Zwischenzeitlich hatte er auch seinen Austin A 60 auf dem Schrottplatz versteckt, auf dem normalerweise der Leyland stand. Dort würde der gesuchte Wagen nicht entdeckt werden.

Dr. Morton sah seine Mitarbeiter der Reihe nach an. »Ganz abgesehen davon, dass der wahre Knife-Ripper kein Unwesen mehr treiben kann, vorausgesetzt Sie haben mit Ihrer Vermutung recht, dass es sich bei Logan überhaupt um diesen handelt, Cynthia.«

Der Krankenschwester standen noch immer die Geschehnisse der vergangenen Stunden ins bleiche Gesicht geschrieben. Die Abdrücke der Ohrfeige, die ihr der Killer verpasst hatte, waren überschminkt.

Nach einer kurzen Unterredung schickte Glenn Morton alle hinaus, damit sie sich ausruhen konnten. Einschließlich Grimsby.

Dann suchte er das geheime Patientenzimmer auf, in dem Jacob Friday alias »Pussy Man« gegen seinen Willen festgehalten wurde. Inzwischen war er wieder wach. Die Platzwunde, die von Grimsbys Totschläger herrührte, hatte der Chirurg zuvor fachmännisch versorgt.

»Wer sind Sie denn?«, bellte der Zuhälter ungehalten, während er an den Gurten, die ihn an das Bett fesselten, zerrte. Wie auch Lloyd Albright fühlte er sich bestimmt wie ein gefangenes Tier. Aber von seinem Vorgänger konnte er natürlich nichts wissen.

Bei dem Gedanken an den Bankier musste Morton schmunzeln. Albright hatte sich selbst des mehrfachen Familienmordes überführt und harrte weiter im Untersuchungsgefängnis seiner Verurteilung. Dank des gehirnchirurgischen Eingriffs war somit der Gerechtigkeit genüge getan.

Bei dem Zuhälter sah es freilich anders aus. Er war lediglich ein notwendiges Bauernopfer, um Grimsby aus der Schusslinie der Ermittlungen des Yard zu nehmen.

»Ich bin Dr. Morton«, stellte sich der Wissenschaftler amüsiert vor. »Sie sind mein Gast …«

Weiter kam er nicht, denn in diesem Augenblick stürmte Grimsby ins Zimmer.

»Es gibt ein Problem!«

Morton sah seinen Assistenten fragend an, schließlich war es erst sechs Uhr morgens. »Was für ein Problem, Grimsby?«

»Chefinspektor Quester von Scotland Yard ist mit einem Durchsuchungsbefehl hier. Cynthia musste ihnen notgedrungen Einlass in die Praxis geben.«

Dr. Morton wusste, was das zu bedeuten hatte. Die Beamten suchten Grimsby!

*

Sergeant Ewans, der von Chefinspektor Quester in die Sonderkommission »Knife Ripper« berufen worden war, wurde von der Hausdurchsuchungsaktion in der Harley Street genauso überrascht wie bestimmt auch Dr. Morton.

Ewans, der an diesem Morgen Frühdienst schob, erhielt den Befehl, sofort mit Quester, DC Graves und sechs Constables in einem Mannschaftswagen in die renommierte Praxis zu fahren. Nach wie vor vermutete der Chefinspektor, dass Grimsby der Frauenmörder sein könnte. Da dieser an jener Adresse gemeldet war, wollte er ihn überraschen.

Eine ziemlich übernächtigt aussehende, aber immer noch atemberaubend attraktive Krankenschwester hatte ihnen Einlass in die Arztpraxis gewährt. Links und rechts von Mortons Domizil praktizierten zwei weitere Kollegen. Für jene interessierten sich die Beamten jedoch nicht. Vielmehr durchsuchten sie die Büros und die Behandlungszimmer des bekannten Wissenschaftlers, die mit ihrer Einrichtung dem letzten Stand medizinischer Technik entsprachen. Ebenso die mit gediegenem Luxus gekennzeichneten Warteräume, in denen sich zu Besuchszeiten meist gut betuchte oder prominente Patienten aufhielten wie etwa Parlaments- und Oberhausmitglieder, Herzöge und selbst Angehörige der Königlichen Familie. Aufgrund dieses prestigeträchtigen Status war es für Quester nicht leicht gewesen, bei Superintendent Russell einen entsprechenden Durchsuchungsbefehl zu erwirken.

Inzwischen war Dr. Morton an den Chefinspektor herangetreten, der im Gegensatz zu den arbeitenden Beamten viel lieber hinter dem Empfang saß und sich von Schwester Barrington einen starken Kaffee aufbrühen ließ. Allerdings machte er Notizen in einen Block.

»Warum beehren Sie mich um diese Herrgottsfrühe mit Ihrem Besuch?«, fragte der Chirurg freundlich, nachdem er sich hatte den Durchsuchungsbefehl zeigen lassen.

Quester erklärte es ihm.

»Sie machen Witze, Chefinspektor.« Morton lächelte breit. »Glauben Sie wirklich, dass mein langgedienter Mitarbeiter der gesuchte Knife-Ripper ist?«

»Mit Glauben hat mein Beruf relativ wenig zu tun, Sir. Aber wo ist Mr. Grimsby überhaupt?«

»Das kann ich Ihnen nicht sagen. Er hat seit zwei Tagen frei. Weder müssen mir meine Mitarbeiter Rapport erstatten, was sie in ihrer Freizeit tun, noch überwache ich sie. Vielleicht macht er einen Kurzurlaub.«

Missmutig verzog Quester das Gesicht. »Ganz gewiss nicht im Ausland. Wir fahnden nach ihm auf allen Flughäfen, Bahnhöfen und Autobahnen.«

»Ich bedaure es, mich wiederholen zu müssen, aber das ist lächerlich, Chefinspektor. Mr. Grimsby ist mir all die Jahre ein hervorragender und zuverlässiger Mitarbeiter gewesen. Darauf können Sie sich verlassen. Schließlich würde ich weder mich selbst noch mein Personal und gleich gar nicht meine Patienten mit einer derart gewalttätigen Person gefährden wollen. Das verstehen Sie wohl?«

Doch nicht Quester gab eine Antwort, sondern Sergeant Ewans, der unbemerkt neben seinen Vorgesetzten getreten war. »Das sehe ich auch so, Dr. Morton.«

Der Chefinspektor sah ihn finster von der Seite her an. »Bevor Sie sich das nächste Mal in meine dienstliche Unterhaltung einmischen, berichten Sie mir, wie es mit der Suche nach Mr. Grimsby aussieht, Sergeant!«

»Wir haben die ganze Praxis auf den Kopf gestellt, Sir. Von dem Gesuchten gibt es keine Spur.«

Das deckte sich mit der Aussage von Dr. Morton, der eine diesbezügliche Genugtuung professionell verbarg, war ihm doch von Anfang an klar gewesen, dass die Beamten die unterirdischen geheimen Räume nicht finden würden.

»Nun gut, dann werden wir wieder abziehen«, raunte Quester. Die Enttäuschung stand ihm ins Gesicht geschrieben. »Sollten Sie etwas von Ihrem Mitarbeiter hören, sind Sie verpflichtet, uns sofort zu benachrichtigen, Dr. Morton.«

»Das werde ich selbstredend tun, Chefinspektor.«

Als dieser sich grußlos und mit grimmiger Miene von ihm abwenden wollte, fügte Morton hinzu: »Übrigens wird diese demütigende Aktion ein Nachspiel haben. Wie Sie wissen, besitze ich ausgezeichnete Kontakte, die ich über diese Hausdurchsuchung und den ungeheuerlichen Verdacht, der damit einhergeht, informieren werde. Sie und Ihr Vorgesetzter, Superintendent Russell, werden in dieser Angelegenheit sicher noch hören. Haben Sie einen schönen Morgen, Chefinspektor Quester.«

Nachdem die Beamten die Praxis verlassen hatten, suchte Morton den geheimen Raum auf, in dem sich Grimsby versteckt hatte und den er über das Geschehene unterrichtete.

»Es ist besser, wenn Sie zunächst hierbleiben, bis ich Jacob Friday soweit präpariert habe, dass er sich als der Knife-Ripper ausgeben kann. Mit dem Tatwerkzeug, das Cynthia und Maurice mitgebracht haben und den Fingerabdrücken des Zuhälters darauf dürfte er leicht zu überführen sein.«

Grimsby stimmte zu. Wenige Stunden später meldeten die Nachrichten, dass in der Nähe eines Lokals in Whitechapel die Leiche eines Mannes aufgefunden wurde, der mutmaßlich mit dem Messer des Rippers umgebracht worden war. Weshalb der Killer sich nun auch männliche Opfer vornahm, blieb ein Rätsel. Zuvor noch hatte der Tote, der als Logan Dexter identifiziert wurde, mit einer hübschen unbekannten schwarzhaarigen Frau das Lokal verlassen. Die Zeitungen riefen dazu auf, dass diese sich unverzüglich bei den Ermittlungsbehörden als Zeugin melden sollte.

*

Quester war völlig zerknirscht. Erst vor einigen Tagen war er sozusagen als Held gefeiert worden, weil es ihm letztlich im Albright-Familienmord-Fall gelang, doch noch den wahren Täter, nämlich Lloyd Albright selbst zu überführen. Dass es dazu jedoch von seiner Seite aus wenig Eigeninitiative bedurfte, weil der Bankier gestanden hatte, war dabei untergegangen. Vor allem, weil die Medien einen persönlichen Helden brauchten, an dem sie ihre Storys abarbeiten konnten.

Wie dem auch sei, geschadet hatte es dem Chefinspektor nicht. Selbst Superintendent Russell sonnte sich für kurze Zeit im Rampenlicht, das jedoch angesichts des Mordes an Logan Dexter, der dem Knife-Ripper zugeschrieben wurde, schnell verblasste.

Vielmehr drehte sich die Gunst der Öffentlichkeit ins genaue Gegenteil. Erneut klangen Vorwürfe auf, dass Scotland Yard unfähig sei, die Bürger vor diesem Killer zu schützen, der jederzeit und überall zuschlagen konnte und sogar vor männlichen Opfern nicht mehr haltmachte.

Die Verunsicherung steigerte sich zu einer wahren Paranoia und die Presse befeuerte diese mit spekulativen und angstmachenden Berichten. Hysterische Bürger überfluteten die Reviere der Metropolitan Police und den Yard mit Hunderten Anrufen, dass sie den Knife-Ripper gesehen hätten. Er schien hinter jedem Baum versteckt, aus der Themse aufzutauchen oder gar mit einem Fallschirm abzuspringen, um seine Opfer aufzuschlitzen.

Die diesbezüglich eingehenden Meldungen wurden immer irrationaler und fantastischer. Eine abgedrehte Einwohnerin glaubte sogar, dass der Mann in einer grünen Untertasse im Richmond Park gelandet war, um nach seinen schrecklichen Taten wieder unbemerkt zu verschwinden. Eine andere meinte, der Premierminister sei wie der fiktive Dr. Jekyll von Mr. Hyde besessen und würde im Wahn inkognito die Morde verüben, gedeckt vom Parlament. Und zu guter Letzt durfte auch die Queen in diesem Irrsinnsreigen nicht fehlen, die scheinbar im Schutze des Buckingham Palace selbst Hand an die Gegner der Krone legte, um so ein abschreckendes Exempel zu statuieren.

Quester hatte genug von diesem Schwachsinn, nahm keine Notiz mehr von solchen Informationen, die in Form von Berichten auf seinem Schreibtisch landeten. Stattdessen konzentrierte er sich auf die Fahndung nach dem besagten Austin und somit auf Dr. Mortons Assistent persönlich. Bislang allerdings ohne Erfolg.

Superintendent Russell beorderte ihn erneut in sein Büro. Als er eintrat, war noch ein weiterer Mann anwesend, hager, mit spärlichem Haarkranz. Sein Gesicht war von Falten zerfurcht wie das eines hochbetagten Greises, obwohl er sicher erst um die sechzig Lenze zählte.

»Das ist Sir Malcolm«, stellte Russell den Fremden vor. »Er ist die rechte Hand des Home Secretary.«

Argwöhnisch runzelte der Chefinspektor die Stirn. Es hatte sicher nichts Gutes zu bedeuten, wenn sich ein Vertrauter des Innenministers höchstpersönlich in die Niederungen der Polizeibehörden begab.

Nach einer kurzen Begrüßung setzten sich die drei Männer um den Besprechungstisch. Russells Sekretärin servierte Tee. Dabei hatte Quester sie noch nie so zuvorkommend gesehen. Dass sie nicht gleich einen Knicks vor dem hohen Besuch machte, wunderte ihn. Das alles gefiel ihm immer weniger.

»Ich habe Sie rufen lassen, Chefinspektor, weil Sir Malcolm nicht nur an mich, sondern speziell an Sie eine Mitteilung vom Home Secretary überbringen möchte.«

Damit übergab der Superintendent dem Politiker das Wort. Dieser sah Quester aus kleinen, dunklen Augen an, die tief in dem knorrigen Gesicht lagen.

»Sie können sich sicher vorstellen, weshalb ich hier bin!«

Obwohl das eine Feststellung war, antwortete der Angesprochene, als wäre es eine Frage. »Nein, Sir.«

Sir Malcolm atmete absichtlich tief und laut durch, als wäre das alles eine Last für ihn. »Sie sind derjenige, der in Dr. Mortons Praxis in der Harley Street eine Hausdurchsuchung veranlasste?«

»Das tat ich, Sir. Allerdings nach Rücksprache mit dem Superintendent …«

»Das spielt jetzt keine Rolle«, wurde Quester von dem Politiker unwirsch unterbrochen. »Jedenfalls haben Sie diese Maßnahme durchgeführt.«

Quester stimmte erneut zu, ahnend, was nun kommen würde.

Sir Malcolm ließ sich für die nächsten Worte genüsslich Zeit, formulierte sie aber in einem so scharfen Ton, dass sie keinen Widerspruch duldeten.

»Die Hausdurchsuchung basiert lediglich auf Indizien, sprich auf der Zeugenaussage eines Mannes … Mr. Livland, wenn ich mich recht entsinne … der Dr. Mortons Mitarbeiter William Grimsby des Mordes an Miss Jackson beschuldigt.«

»Ja, Sir. Der Zeuge hat den Verdächtigen bereits in der Diskothek, in der sie sich aufhielt, gesehen, wie dieser das spätere Opfer heimlich beobachtete. Als sie gegangen war, musste er ihr gefolgt sein, denn er kam von dem Parkplatz auf dem …«

»Verschonen Sie mich mit diesen Details, darüber bin ich längst informiert.« Sir Malcolms Stimme war noch immer bissig. »Gestern Nachmittag ging bei mir eine Beschwerde von Dr. Morton ein.«

»Wie …«

»Ich weiß nicht, ob Sie die Höflichkeitsfloskeln vergessen haben, Chefinspektor, oder es Ihnen einfach nur an guter Erziehung fehlt. Aber Sie sollten einen Mann meines Ranges nicht unterbrechen!«

Nun war es Quester, der tief durchatmete. Längst war ihm klar, dass der Superintendent ihn ins offene Messer laufen ließ, obwohl er es letztlich gewesen war, der die Hausdurchsuchung genehmigt hatte. Nun wurde ein Opfer gesucht, das unzweifelhaft in seiner Person gefunden war.

»Ich brauche Sie wohl nicht erst daran zu erinnern, dass Dr. Morton nicht nur ein äußerst erfolgreicher Arzt, anerkannter Wissenschaftler, Mitglied der besseren Gesellschaft, sondern zudem auch Präsident des Königlichen Kollegiums der Chirurgen ist«, fuhr der Politiker fort. »Eine Persönlichkeit, die in seiner Praxis sogar Angehörige der Krone behandelt.« Sir Malcolm verstummte kurz.

Als Quester ansetzen wollte, um etwas zu sagen, unterband er dies mit einer unwilligen Geste. »Und Sie, Chefinspektor, veranlassen bei diesem renommierten Wissenschaftler einfach so mir nichts, dir nichts eine Hausdurchsuchung, die lediglich auf der Aussage eines Mannes beruht, der in einer Diskothek eine äußerst dubiose Beobachtung gemacht haben *will*. Das kann nicht Ihr Ernst sein!«

Erneut kam Quester nicht dazu, sich zu verteidigen, denn nun war es der Superintendent selbst, der ihm sozusagen den letzten Dolchstoß verpasste.

»Benny Livland ist ein Asozialer«, begann Russell, bemüht, denselben rügenden Tonfall an den Tag zu legen wie sein Besucher. »Das wissen Sie inzwischen selbst, Chefinspektor. Livland ist arbeitslos, treibt sich mit ein paar Pfund, die er an staatlicher Unterstützung erhält, in diversen Pubs und Diskotheken herum. Ein Subjekt der Gesellschaft, das ganz sicher weit unter dem Renommee eines Dr. Morton steht. Und damit fällt auch die Glaubwürdigkeit seiner Zeugenaussage ins Uferlose. Außerdem, so entnehme ich es jedenfalls Ihrem Bericht, äußerte sich Dr. Morton hinsichtlich Mr. Grimsby äußerst positiv.«

Der Superintendent hielt kurz inne und las aus der Akte, die Quester angefertigt hatte, einige Zeilen laut vor, wie um ihn zu demütigen: »*Mr. Grimsby ist mir all die Jahre ein hervorragender und zuverlässiger Mitarbeiter gewesen. Darauf können Sie sich verlassen. Schließlich würde ich weder mich selbst noch mein Personal und gleich gar nicht meine Patienten mit einer derart gewalttätigen Person gefährden wollen.* So Dr. Mortons Aussage, die Sie notierten. Das stimmt doch oder nicht?«

Zähneknirschend nickte der Inspektor, bereits einer Verteidigung überdrüssig, denn er sollte hier ganz offensichtlich dem Innenministerium als Bauernopfer zum Fraß vorgeworfen werden. Doch dann geschah etwas, mit dem selbst er nicht mehr gerechnet hatte.

Sir Malcolm betrachtete ihn nun mit weniger Argwohn und auch sein Tonfall war gemäßigter. »Sie gehen jedoch nach wie vor davon aus, dass Mr. Grimsby der Knife-Ripper sein könnte?«

Quester zögerte, unschlüssig, ob dies eine neue Falle war, in die er hineintappen sollte. »Er ist der einzige Verdächtige, den wir haben«, antwortete er diplomatisch.

Malcolm und Russell sahen sich über den Konferenztisch hinweg verschwörerisch an.

»Nun gut, Chefinspektor. Dem Home Secretary selbst ist es völlig egal, *wen* Scotland Yard hoffentlich bald als Täter verhaftet, damit die Öffentlichkeit beruhigt ist und auch der politische Druck der Opposition schwindet. Hauptsache es gibt einen Erfolg!«

Quester war nun vollkommen irritiert. Die Wendung dieser Unterredung gefiel ihm genauso wenig wie die vorherigen Einlassungen. »Wollen Sie andeuten, dass weiter nach William Grimsby gefahndet werden soll?«

Jetzt verzog ein flüchtiges Lächeln das knorrige Gesicht des Politikers. »So könnte man es ausdrücken, Chefinspektor. Jedoch mit einer Einschränkung.«

»Und die wäre, Sir?«

»Veranlassen Sie alles Menschenmögliche, um William Grimsby zu fassen«, übernahm nun der Superintendent das Wort. »Allerdings inoffiziell.«

»Ich verstehe nicht.«

»Das werden Sie gleich.« Russell bedachte den Politiker erneut mit einem kurzen Seitenblick und wandte sich dann wieder seinem Untergebenen zu. »Bei Ihren weiteren Ermittlungen darf der gute Ruf von Glenn Morton nicht noch einmal aufs Spiel gesetzt werden. Sir Malcolms Einfluss ist es zu verdanken, dass die Medien auf eine Berichterstattung über die morgendliche Hausdurchsuchung verzichten. Wie von ihm angedroht besitzt der Wissenschaftler tatsächlich hervorragende Kontakte in alle gesellschaftlichen Ebenen. Dementsprechend werden wir offiziell die Fahndung nach seinem Mitarbeiter einstellen, inoffiziell aber ermitteln Sie genau in diese Richtung weiter. Ganz gleich, wie die Ermittlungen ausgehen mögen.«

Den letzten Satz verstand Quester erneut nicht, doch dieses Mal war es der Politiker, der ihm den Sachverhalt erklärte. »Der Home Secretary wünscht sich endlich, ich sprach es bereits an, einen Erfolg bei der Jagd nach dem Knife-Ripper. Finden Sie Grimsby und wir haben unseren Täter, ganz egal, ob er es war oder nicht! Notfalls helfen Sie einfach etwas nach. Verstehen wir uns?«

Quester konnte kaum glauben, was er hier zu hören bekam. »Ich soll einem Verdächtigen diverse Morde in die Schuhe schieben, selbst wenn es sich herausstellen sollte, dass er unschuldig ist?«

»Wenn Sie so sicher sind, dass der Zeuge Livland richtig liegt, dann müssen Sie diesbezüglich überhaupt nichts in die Wege leiten, Chefinspektor.« Sir Malcolm lächelte gewinnend, dennoch funkelten seine Augen so eisig wie ein Bergsee im tiefsten Winter. Jenen, die über ihm standen und denen er zu Gehorsam verpflichtet war, schien das Einzelschicksal eines Mannes herzlich egal. Hauptsache die ganze Angelegenheit führte zum gewünschten politischen Erfolg.

Sir Malcolm sah den Angesprochenen weiter eisig an. »Sie wollen doch nicht, dass der Home Secretary und damit auch der Premierminister bei der nächsten Wahl aus dem Parlament fliegen, Chefinspektor?«

»Nein, Sir«, gab Quester zurück, bemüht, sich den Zorn, der ihn beinahe zu übermannen drohte, nicht anmerken zu lassen.

»Dann wissen Sie nun, was Sie zu tun haben!« Der Superintendent nickte seinem Untergebenen zu. Für ihn war die Besprechung beendet.

Die Jagd auf William Grimsby ging weiter. Wenn auch unter anderen Vorzeichen.

*

Jacob Friday war durch alle Höhen und Tiefen gegangen. Sein ganzes Leben lang hatte er sich in der Gosse herumgetrieben, kannte sämtliche Tricks und Kniffe, wie man aus einer aussichtslos scheinenden Situation wieder herauskam.

Gewiss, als Gefangener in einem Raum, der so weiß und steril wie ein Krankenzimmer aussah, hatte er sich zuvor noch nie vorgefunden. Als er die Augen aufschlug, war genau das sein erster Eindruck. Außerdem pochte die Platzwunde, die ihm der Fremde, der ihn überfallen hatte, als er betrunken aus dem *Golden Lady Club* gekommen war, mit einem Totschläger zugefügt hatte.

Der Zuhälter stieg aus dem Bett, in dem er wohl einige Zeit bewusstlos gelegen haben musste, und ging ins angrenzende Badezimmer, um sich zu erleichtern. Im Spiegel bewunderte er den fachmännisch angelegten Verband um seinen Schädel.

Pussy Man hatte nicht die geringste Ahnung, wo er sich befand. Allerdings war das Zimmer verschlossen und selbst Fenster gab es keine. Die Einrichtung bestand aus dem Bett, einem leeren Schrank sowie aus einem Stuhl und einem Tisch, die an der gegenüberliegenden Wand standen. Das war alles. Weder sein Entführer noch irgendjemand anders ließen sich bislang blicken.

Doch plötzlich hörte er Schritte aufklingen. Ohne zu zögern, legte er sich wieder ins Bett, spähte jedoch durch die fast gänzlich geschlossenen Augenlider hindurch.

Die Zimmertür wurde entriegelt und zwei Personen traten in den Raum. Ein Mann, dem die Aura eines Schlägers anhaftete, sowie eine atemberaubend aussehende Frau, die wie eine Krankenschwester gekleidet war.

Sofort erkannte Friday, dass es sich bei dem Mann um denselben handelte, der ihn in der Bar gesucht hatte und weswegen es zu einem Handgemenge gekommen war.

Die beiden unterhielten sich. Als sich die Frau zu ihm hinunterbeugte, um seinen Gesundheitszustand zu überprüfen, musste er all seine Schauspielkunst aufbringen, zu der er fähig war, um ruhig und bewegungslos zu bleiben. Doch seine diesbezüglichen Anstrengungen nützten nichts. Die Krankenschwester durchschaute ihn sofort.

»Verstellen Sie sich nur nicht, Mr. Friday!«

Die Kleine wusste sogar seinen Namen. Es wurde noch mysteriöser.

Dermaßen ertappt schlug Pussy Man die Augen auf. »Verflucht, was soll ich hier? Warum bin ich eingesperrt?«

Jetzt trat Grimsby ans Bett. Drohend wie ein Berg ragte er neben der Frau auf, als wäre er ihr Leibwächter. Wer wusste, vielleicht war es ja auch so.

»Du stellst besser keine Fragen«, knurrte er unfreundlich.

Doch Friday war mit allen Wassern gewaschen. Nur so konnte man auf der Straße überleben! Er fuhr so schnell vom Laken hoch, dass Cynthia unwillkürlich zurückzuckte und selbst Grimsby davon überrascht wurde.

In der rechten Hand hielt der Zuhälter eine Zahnbürste, die er im Bad gefunden hatte. Mit dem Ende des Handgriffs stach er nach Grimsbys Augen, der gerade noch mit einem schnellen Seitwärtsschritt ausweichen konnte.

Diese minimale Zeitspanne nutzte Pussy Man, um auf der anderen Seite des Bettes durch die entriegelte Tür auf dem Gang zu verschwinden.

Wild fluchend hetzte Grimsby hinter ihm her.

*

Dr. Morton verließ das Labor, in dem er die letzten Stunden verbracht hatte, um das Experiment an Jacob Friday vorzubereiten. Viel musste er dazu nicht mehr tun, war der Versuchsablauf doch derselbe wie jener bei Lloyd Albright. Auch dem Zuhälter würde er eine Steuerungszelle ins Gehirn implantieren, damit er zugab, der Knife-Ripper zu sein und so Grimsby von jedem Verdacht reinzuwaschen.

Dermaßen in Gedanken versunken trat Morton um die Ecke des Ganges, als er plötzlich schnelle Schritte hörte, die sich ihm rasch näherten.

Gleich darauf sah er Jacob Friday auf sich zurennen, verfolgt von seinem Assistenten. Er war verblüfft, glaubte er den Zuhälter doch in dem geheimen Patientenzimmer. Nichtsdestotrotz versperrte er dem Flüchtigen den Weg.

Anders als gedacht versuchte Pussy Man nicht an ihm vorbeizukommen, sondern warf sich ihm wie ein Ringer in die Beine.

Schwer stürzte Morton auf den sterilen Linoleumboden, schlug sich an der Wand den Kopf an, sodass er für Sekunden Sterne sah. In dieser Zeit rappelte sich der Zuhälter wieder auf und spurtete weiter.

Keuchend beugte sich Grimsby zu Dr. Morton hinunter, als er ihn erreicht hatte, doch dieser winkte ab. »Fassen Sie Friday, sonst haben wir ein Problem!«

Als sein Assistent die Verfolgung wieder aufnahm, kam Cynthia Barrington heran, um nach Dr. Morton zu sehen.

Inzwischen besaß der Flüchtige schon einigen Vorsprung. Allerdings würde er nicht weit kommen, denn die Tür, die vom Gang ins Erdgeschoss der Praxis führte, war verschlossen. Wie ein Irrsinniger rüttelte der Zuhälter an dem versperrten Ausgang. Als er seinen Verfolger hörte, wirbelte er herum und rief laut: »Verdammt noch mal, bleib, wo du bist!«

Grimsby kam grinsend näher. »Willst du mich noch einmal mit deiner Zahnbürste angreifen?«

»Halt dein Maul!«

»Lass die Spielchen, Pussy Man. Ich kläre dich über alles auf ...«

»Wenn du nur noch einen Schritt auf mich zumachst, dann ramme ich mir selbst den Bürstenstil in den Hals. Denn irgendwie scheine ich euch lebend wichtiger als tot zu sein, warum auch immer. Also bleib stehen!«

Grimsbys Grinsen verschwand. Er traute dem Mann, der eigentlich fast nur auf Drogen und erst seit einigen Stunden auf Entzug war, alles zu. Natürlich brauchten sie ihn unversehrt. Tot nützte er ihnen herzlich wenig. Doch das wollte er ihm nicht unbedingt auf die Nase binden.

»Du hast bestimmt einen Schlüssel. Wirf ihn her!« Fridays Stimme zitterte.

Grimsby schüttelte den Kopf. »Ich besitze keinen ...«

»Rede keinen Unsinn! Her damit!«

Drohend stand der Zuhälter mit dem Plastikstil in der Hand da, den er sich in den offenen Rachen rammen wollte. Die Szene hatte fast etwas Groteskes an sich.

Grimsby setzte sich langsam wieder in Bewegung, unsicher, wie er tatsächlich reagieren sollte. Doch Pussy Man brüllte plötzlich los: »Noch einen Schritt und ich mache meine Drohung wahr! Ich habe nichts zu verlieren!«

»Beruhigen Sie sich, Mr. Friday!«

Die Stimme Dr. Mortons klang in Grimsbys Rücken auf, aber er wandte sich nicht um, um den Flüchtigen keine Sekunde aus den Augen zu lassen. Wer wusste schon, was dieser in seinem Zustand tatsächlich anstellte.

Pussy Man blickte an ihm vorbei. »Sie sind also der Boss, nehme ich an? Dann werfen Sie den Schlüssel rüber! Ich will endlich hier raus!«

Morton nickte und machte Anstalten, der Aufforderung nachzukommen. Weder er noch Grimsby konnten in diesem Moment, in dem der Zuhälter abgelenkt war, eingreifen, weil sie zu weit von ihm entfernt waren.

Doch hinter Pussy Man wurde plötzlich die Tür entriegelt und aufgestoßen.

Cynthia, die von der anderen Seite gekommen war, stand auf der Schwelle, wollte dem Flüchtigen hinterrücks eine Kanüle in den Nacken stechen. Doch dieser duckte sich im letzten Moment weg, wirbelte herum und stieß die Krankenschwester gegen die Wand. Dabei entfiel die Spritze ihren Fingern.

Gleich darauf war Jacob Friday an ihr vorbei und rannte die Treppe zum Foyer der Praxis hinauf.

*

Normalerweise waren sie nie auf dem stillgelegten Schrottplatz. Denn diese Umgebung war alles andere als romantisch. Das jedenfalls hatte Emy ihrem Freund stets gesagt, als sie ein stilles Örtchen für ihr Schäferstündchen suchten, das in unmittelbarer Nähe ihrer elterlichen und benachbarten Wohnungen lag. Doch nun blieb nichts weiter übrig, weil die Verfolger ihnen immer noch mit unerbittlichem Zorn auf den Fersen waren.

Keuchend überwanden sie den rostigen Zaun. Robert half seiner Freundin, damit es schneller ging. Schon hörten sie die aufgeregten und auch wütenden Rufe ihrer Verfolger. Allerdings handelte es sich nicht etwa um Kriminelle, sondern um Emys eigene Verwandtschaft. Ihr Stiefvater und ihre beiden Brüder hatten sie und Robert vor einer halben Stunde in flagranti erwischt, als sie in ihrem Zimmer das erste Mal miteinander schlafen wollten. Dabei rechneten sie nicht damit, dass Emys Sippe, für die ihr Freund ein rotes Tuch war, viel früher von dem Pub-Besuch zurückkam als erwartet. Seit ihre Mutter an Krebs verstorben war, glaubte ihr notgeiler Stiefvater ohnehin einen Anspruch auf sie zu haben.

Nicht nur einmal hatte er sie am Busen oder am Hintern gestreichelt.

Voller Ekel in Anbetracht dieser Gedanken folgte die Siebzehnjährige ihrem gleichaltrigen Freund weiter in den Schrottplatz hinein. Hier standen etwa zweihundert alte, verrostete, ausrangierte, oft völlig demolierte Fahrzeuge. Seit die Autohalde vor Jahren geschlossen worden war, kümmerte sich kein Mensch mehr darum. Soweit sie wusste, war der einstige Besitzer gestorben und das Grundstück gehörte nun der Stadt.

Die Meute hinter dem jungen Paar musste gesehen haben, wie es sich hier verkriechen wollte. Denn auch der Stiefvater und die zwei Jahre älteren Zwillingsbrüder kletterten über die Umzäunung, erfüllt vom Jagdfieber auf Robert, der es gewagt hatte, ihr eigenes Fleisch und Blut zu schänden. So jedenfalls sahen sie das in ihrer Einfalt.

Nach Atem ringend versteckten sich der Junge und seine Freundin hinter einem ausgebeulten Geländewagen. Ihre Herzen schlugen wie wild in ihrer Brust. Die Angst vor einer Entdeckung hielt sie in ihren eisigen Krallen.

Als sie an dem eingedellten Kotflügel vorbeispähten, konnten sie ihre Verfolger sehen. Ihre Augen funkelten voller Hass und grausame Züge lagen um ihre verzerrten Lippen.

Für Robert würde es böse ausgehen, wenn sie ihn erwischten. Das war auch Emy bewusst, die zitternd eine Hand auf seinen dünnen Oberarm legte, als wollte sie ihn beschützen.

Als die drei Männer in ihre Richtung sahen, zogen sie sich schnell vollends hinter den Jeep zurück. Unabsichtlich stieß sich Robert den Kopf, gab dabei einen schmerzvollen Laut von sich.

»Da drüben!«, brüllte der Stiefvater. »Ich hab was gehört!«

Mit festen Schritten kamen er und Emys Brüder auf das Paar zu.

»Heilige Mutter Gottes«, flüsterte das Mädchen. »Sie werden dich totschlagen, Rob!«

Als ob dies ein Startschuss gewesen wäre, sprang der Junge plötzlich auf und gab Fersengeld. Damit wollte nicht nur er sich in Sicherheit bringen, sondern vor allem Emy aus der Schusslinie nehmen, obwohl sie ihr ohnehin nichts antun würden. Davon jedenfalls war er überzeugt.

Flink wie ein Wiesel hetzte er über den Schrottplatz, die johlende Meute hinter sich. Allerdings übersah er ein herumliegendes Kabel, in dem sich sein rechter Schuh verfing. Er stolperte und stürzte hart auf den kiesigen Untergrund. Dabei schlug er sich einen Schneidezahn aus, schmeckte Blut im Mund. Den aufflammenden Schmerz ignorierend wälzte er sich herum, wollte aufstehen, um seine Flucht fortzusetzen, doch da hatten ihn seine Verfolger bereits erreicht. Wie ein Rudel Wölfe umkreisten sie ihn.

»Du denkst wohl, dass du ungestraft an unserer hübschen Emy herumfummeln kannst, wie du willst, du geiler Bastard!«, polterte der Stiefvater los, dem die Eifersucht ins hässliche Gesicht geschrieben stand. Denn am liebsten hätte er die Siebzehnjährige selbst beglückt. Seit seine Frau gestorben war, besuchte er einmal im Monat ein Bordell, um sich dort abzureagieren. Dennoch beobachtete er die Stieftochter heimlich, wenn sie badete, und masturbierte dabei.

Robert schwieg, starrte die Männer mit geweiteten Augen an, wohlwissend, was nun kam. Und tatsächlich ließen sie sich nicht lange Zeit mit den Schlägen und Tritten, die plötzlich wie Dreschflegel auf ihn einprasselten.

»Lasst ihn!«

Wie durch einen Wattebausch drang die helle Stimme Emys in Roberts Bewusstsein. Er stand kurz vor einer Ohnmacht. Doch die Männer hörten nicht auf, ihn zu malträtieren.

»Dir gefällt es wohl, von dieser Missgeburt angefasst zu werden, was!« Speichel sprühte über die Lippen des Stiefvaters. »Wenn du einen richtigen Männerriemen brauchst, dann …«

Erschrocken hielt er inne, hatte er doch gerade vor Emys Brüdern seine geheimsten Wünsche offenbart. Bevor sich diese jedoch dazu äußern konnten, wurden die Augen des Mannes groß wie Untertassen. Aufgeregt deutete er quer über den Platz. Denn dort hatte er etwas entdeckt, was sein Herz noch höher schlagen ließ wie die Aussicht darauf, seine Stieftochter zu nehmen. Zumindest für diesen Moment.

Die Blicke der Zwillingsbrüder folgten seinem ausgestreckten Arm. Allerdings verstanden sie nicht, was er meinte. Erst als sie ihm nachgingen und vor einem Wagen stehen blieben, der zwar alt war, aber alles andere als auf diesen Schrottplatz gehörte, fiel es ihnen wie Schuppen von den Augen.

Ein Austin A 60.

Dieser Wagen wurde seit Tagen vergeblich von der Polizei gesucht.

Auf einmal hatten der Stiefvater und die Zwillinge alles andere vergessen. An Emy und ihren Bastardfreund verschwendeten sie keinen weiteren Gedanken.

Nur die tausend Pfund Belohnung, die für das Auffinden des Austin ausgeschrieben waren, beherrschten noch ihre einfältigen Gehirne.

*

Quester konnte sein Glück kaum fassen! Endlich war William Grimsbys Wagen gefunden. Das bestätigte den Verdacht, dass Mortons Assistent etwas zu verbergen hatte. Denn welcher normale Mensch würde sein Auto verstecken, wenn er nichts auf dem Kerbholz hatte?

Der Chefinspektor setzte sofort alle Hebel in Bewegung. Tag und Nacht oberservierte jetzt ein Team Dr. Mortons Praxis in der Harley Street sowie dessen Wohnung in Grosvenor Square. Selbst die Privatklinik in Brighton und das dortige Wohnhaus Lannix Manor wurden überwacht. Sollte sich Grimsby tatsächlich noch in England aufhalten, wovon Quester fest ausging, könnte er sich eventuell auf einem dieser Grundstücke verstecken. Und gerade deshalb würde er dem Yard früher oder später ins Netz gehen. Die Schlinge zog sich immer enger um Grimsbys Hals.

Quester jedenfalls überließ nichts mehr dem Zufall. Grimsby war von höchster Stelle zum Abschuss freigegeben worden. Und er wollte diese Chance nutzen, um der Öffentlichkeit endlich den Knife-Ripper zu präsentieren, und sich damit selbst in die Annalen der britischen Kriminalitätsgeschichte einzuschreiben.

Angesichts dieser Erfolgserwartung verdrängte er die anfänglichen Bedenken, die er noch vor Kurzem seinen Vorgesetzten gegenüber geäußert hatte, in die hintersten Winkel seines Bewusstseins.

*

Als ob der Leibhaftige hinter ihm her wäre, rannte Jacob Friday die Stufen hinauf, auch wenn es nur Grimsby war. Inzwischen besaß er einen deutlichen Vorsprung.

Eine Sekunde dachte er daran, dass Schwester Cynthia, die er so brüsk behandelt hatte, eine verdammt einträgliche Bordsteinschwalbe abgeben würde. Äußerst lukrativ für ihn.

Auf dem Treppenabsatz angekommen stand Pussy Man vor der nächsten Tür, hoffte, dass sie nicht verschlossen war. Hastig drückte er die Klinke herunter. Zu seiner Erleichterung schwang sie auf und er trat in das Foyer der Arztpraxis.

Friday blickte sich um, suchte nach dem Ausgang. Um diese Zeit war die Räumlichkeit noch geschlossen, sodass er nicht mit Patienten rechnen musste. Und wohl auch nicht mit irgendwelchem Personal.

Endlich entdeckte er den Ausgang. Schnell wandte sich in die Richtung, denn sein Verfolger würde schon bald hier oben sein.

Im Schein der Notbeleuchtung, die nicht mehr als ein dämmriges Zwielicht schuf, tauchte völlig überraschend ein Mann auf, der ihm unmittelbar den Weg zum rettenden Ausgang versperrte.

Im Stillen fluchte der Zuhälter alle Heiligen vom Himmel. Er durfte keine Zeit verlieren, musste sofort reagieren.

Ohne zu zögern, attackierte er den Kerl, der sich vor ihm aufgebaut hatte. Allerdings wich dieser seinen Schlägen aus und konterte geschickt.

Ein wuchtiger Faustschlag traf Pussy Man direkt am Kinn, sodass ihm die alberne Zahnbürste, die er weiter in einer Hand hielt, entfiel. Es war zwar kein Lucky-Punch, wie der K.O.-Hieb beim Boxen genannt wurde, aber dennoch verlor er das Gleichgewicht, krachte gegen die Wand in seinem Rücken.

Da war der Fremde erneut heran, wollte noch einmal zuschlagen, doch Grimsbys Stimme stoppte ihn.

»Lass es gut sein, Vaultier! Er entkommt uns nicht mehr!«

Der Franzose behielt den Zuhälter weiter im Auge, bis Mortons Assistent herangetreten war.

Gemeinsam schafften sie den sich wild wehrenden Flüchtigen in das Patientenzimmer zurück. Dort injizierte ihm Schwester Barrington ein Beruhigungsmittel, sodass er augenblicklich in einen leichten Schlummer fiel.

»Es wird Zeit für das Experiment«, meinte Morton. Er unterrichtete seine Mitarbeiter darüber, dass ihm Sergeant Ewans verraten hatte, dass alle Geschäfts- und Privatgrundstücke von Scotland Yard überwacht wurden. Auch Grimsbys Austin war auf dem Schrottplatz gefunden worden. Damit rückte er noch mehr in den Fokus der Ermittlungen.

»Ewans offenbarte mir außerdem, dass Sie das Bauernopfer für die Behörden sein sollen, Grimsby. Sobald Sie gefasst sind, will man Ihnen scheinbare Beweise unterjubeln, um ihre Täterschaft zu belegen. Schon allein aus diesem Grund müssen wir uns beeilen, das Knife-Ripper-Double zu präparieren.«

Natürlich hatte Mortons Assistent nichts dagegen. Jacob Friday wurde nur eine Stunde nach seinem Fluchtversuch einer Gehirn-OP unterzogen, bei der ihm der Chirurg eine ähnliche Steuerungssonde wie einst Lloyd Albright einsetzte. Allerdings mit einem Unterschied: Dieses Mal wurde dem Probanden nicht der Schädel rasiert, genauso wenig die Kopfhaut und die Kopfschwarte gelöst und auch keine Platte aus dem Schädelknochen gesägt. Das alles wäre zu auffällig gewesen, wenn sich Friday den Behörden stellte. Dieselbe Geschichte, wie bei Albrights angeblichen Unfall konnte gewiss nicht noch einmal erzählt werden. Das würde den Yard zu Recht misstrauisch machen.

»Deshalb habe ich die Methode verfeinert«, bekannte Morton nicht ohne Stolz. »Anstatt äußerliche OP-Verletzungen zu verursachen, habe ich einen endoskopischen Zugang durch einen minimal-invasiven operativen Eingriff gefunden.«

Grimsby staunte nicht schlecht, er hörte Morton weiter zu.

»Ein versteckter Zugang führt über die Nase zur sogenannten *Regio olfactoria*, dem obersten Bereich der Nasenhöhle. Dort ist das Gehirn nur durch einen Knochen, genauer dem Siebbein und einigen Zellschichten der Nasenschleimhaut getrennt. Dieses konnte ich anbohren und so die Sonde einsetzen. Von außen ist nichts zu erkennen. Ein gewaltiger Fortschritt zum ersten Experiment.«

»Das kann man wohl so sagen! Aber hoffentlich funktioniert die Steuerungssonde genauso reibungslos wie beim Bankier.«

»Wir werden sehen, William.«

Nach zwei Stunden war Jacob Friday wieder voll da. Morton entfernte ihm die mit Blut vollgesogene Tamponade aus der Nase. Diese war das einzige äußerliche Indiz der Gehirn-OP.

Der Zuhälter wusste gar nicht, wie ihm geschah.

Glenn Morton sah ihn erwartungsvoll an. »Sind Sie der von Scotland Yard gesuchte Knife-Ripper, Mr. Friday?«

Pussy Man glaubte, sich verhört zu haben. Heftig schüttelte er den Kopf.

Der Chirurg schaltete das Gerät ein, das neben ihm auf dem Arbeitstisch stand und daraufhin unablässig elektrische Signale in das supplementär-motorische Gehirnareal des Probanden funkte.

Grimsby biss die Zähne zusammen.

Dr. Morton stellte noch einmal dieselbe Frage.

Der Zuhälter legte die Stirn in Falten. »Natürlich nicht! Sind Sie irre?«

Grimsby schluckte den Kloß hinunter, der sich in seiner Kehle gebildet hatte. Das durfte doch nicht wahr sein! Ausgerechnet dieses wichtige Experiment war ganz offensichtlich schief gelaufen.

Morton ließ sich jedoch nicht beirren. Stattdessen verstärkte er die Signalfrequenz und fragte Pussy Man zum dritten Mal.

Jetzt verzog sich dessen Gesicht zu einer hässlicheren Grimasse. Der Vergleich mit Mr. Hyde war an dieser Stelle sicher nicht falsch.

»In der Tat habe ich diese verdammten Flittchen abgestochen! Wollen Sie wissen, wie?«

Morton und sein Assistent nickten gleichzeitig. Daraufhin gestand Jacob Friday die Morde in allen Einzelheiten. Diese deckten sich mit den herkömmlichen Medienberichten, gespickt mit dienstinternen Informationen, die sie von Sergeant Ewans wussten. Dadurch wurde das Geständnis nur noch glaubwürdiger.

Außerdem sorgte Grimsby dafür, dass auf der Tatwaffe, die Vaultier Logan Dexter abgenommen hatte, nachdem er von Cynthia getötet worden war, Fridays Fingerabdrücke gefunden werden konnten.

Dermaßen präpariert tauchte Pussy Man noch am selben Tag persönlich bei Chefinspektor Quester auf und gestand die Taten. Zunächst wurde er nicht für voll genommen. Erst als er die Morde an Janice Shurhand, Nicole Predman, Sarah Jackson, Otto Heldmann, Angel Basset, Sherill Meyer, Eva Pravney und Logan Dexter detailreich aufzählte und zudem noch das Messer, das zweifelsfrei die Tatwaffe war, mit seinen Fingerabdrücken präsentierte, schenkte man ihm Glauben.

Endlich war der Knife-Ripper gefasst, der London in den letzten Wochen in Angst und Schrecken versetzt hatte. Scotland Yard konnte wieder einen Erfolg verbuchen. Russell und Quester atmeten auf. Ihr Verdacht, dass es sich bei dem Mörder um William Grimsby handelte, mussten sie fallenlassen. Ebenso den Verdacht gegen Dr. Morton.

William Grimsby tauchte scheinbar von einem kleinen Urlaub wieder auf, sprach mit Chefinspektor Quester und verriet ihm, seinen Austin auf dem Schrottplatz nicht versteckt, sondern lediglich untergestellt zu haben. Der Gegenbeweis konnte nicht erbracht werden, was angesichts der neuen Lage unwichtig war. Zudem entschuldigte sich Superintendent Russell telefonisch bei Dr. Morton für die Hausdurchsuchung.

Alle waren zufrieden: die Öffentlichkeit, die Ermittlungsbehörden und der Innenminister. Ebenso Glenn Morton und sein Team, die nun weiterhin im Geheimen und Verborgenen ihre Versuche und Experimente fortsetzen konnten.

Bankier Lloyd Albright wurde wegen des Dreifachmordes an seiner Familie zu einer lebenslangen Haft verurteilt. Dieselbe Strafe erhielt auch Jacob Friday, der »geständige« Knife-Ripper.

Dr. Morton und Sir Henry saßen ein paar Tage später in seinem behaglich eingerichteten Stadthaus in London und sprachen über den gelösten Fall des Frauenmörders. Sir Henry hatte erfahren, welchen Auftrag Sir Malcolm, die rechte Hand des Home Secretary, Russell und Quester erteilt hatte, und weihte seinen Freund ein …

ENDE

... und hier eine Leseprobe aus dem nächsten Band:

DR. MORTON 91 »TOCHTER ZWEIER MÜTTER«

Grimsby machte Dr. Morton ein Zeichen mit der Hand. Der Arzt schlenderte auf ihn zu. Er zeigte jetzt absichtlich keine Eile. Die Lage war so verworren, dass man mit Beobachtern jeder Art rechnen musste. Wenn Grimsby etwas gefunden hatte, dann war das noch lange kein Grund, auch noch andere darauf aufmerksam zu machen.

Die beiden beugten sich über einen leblosen Körper, der zusammengekrümmt etwa 30 Yard vom Haus entfernt unter einer Hecke lag.

»Angela«, sagte Dr. Morton. »Meine Güte, wie ist sie zugerichtet.«

Er untersuchte das Gelände noch einmal mit schnellen Blicken. Es musste gehen. Die mächtigen Räder des grauen Rover würden mit den kleinen Hindernissen fertig werden.

»Ich spüre eine verzweifelt schwache Herztätigkeit. Holen Sie den Wagen. Ich bleibe so lange hier. Sehen Sie zu, dass Sie niemand bemerkt. Wenn Sie den Wagen haben, dann muss es schnell gehen.«

»Jawohl, Sir.« Grimsby glitt in die Dunkelheit. Morton machte sich an eine erste Untersuchung der ehemaligen Studienkollegin. Brandwunden. Das war verständlich. Sie musste also im Haus gewesen sein. Schnittwunden, unregelmäßig, wie von Glassplittern. Wahrscheinlich war sie durch das Fenster herausgekommen. Aber die schweren Knochenbrüche? Morton überlegte. Er sah zu der rauchenden Ruine des Bungalows und ihm kam die Erkenntnis. Eine Explosion! Jemand hatte einen kombinierten Brand- und Sprengsatz ins Haus gebracht. Die Druckwelle der Detonation hatte Angela aus dem Haus geschleudert, ehe die Flammen zu mächtig wurden. Das erklärte auch die verhältnismäßig leichten Brandverletzungen.

Aber dann war noch etwas. Die tiefe Besinnungslosigkeit, die sich nur schwer mit den Verletzungen oder mit einem Schock erklären ließ. Morton zog ein Augenlid der Verletzten hoch und ließ seine kleine Taschenlampe kurz aufblitzen. Aha, eine Kurznarkose!

Es war leicht, sich anhand dieser Indizien zusammenzureimen, was vorgefallen war. Jemand hatte Angela Whitbread für eine Entführung vorbereitet und deswegen betäubt. Wenn der die Absicht gehabt hätte, sie zu töten, dann hätte er auf die Betäubung verzichten können. Also musste ein anderer gekommen sein, der das Feuer legte. Das war klar. Es mussten also mindestens zwei Gruppen beteiligt sein. Der beinahe lapidare Anruf von Angus, in der Umgebung des Bungalows ginge etwas vor, war also so ernst zu nehmen, wie Morton ihn genommen hatte, und nicht so leicht, wie Angus selbst ihn nahm.

Wenn Interessenten sich schon so weit vorwagten, dass sie mitten in Südengland ein Haus in Flammen aufgehen ließen, dann war Vorsicht geboten. Sie konnten jederzeit noch einmal zuschlagen, wenn sie sich davon Erfolg versprachen.

Der Motor des Rover lief an. Zügig steuerte Grimsby die schwere graue Limousine an den Büschen vorbei zu dem Platz, an dem Dr. Morton auf ihn wartete. Er sprang aus dem Fahrzeug, öffnete die Fondtür und half seinem Chef, die Verletzte auf den Rücksitz zu heben.

»Gehen Sie hinten mit rein. Ich fahre.« Grimsby erwartete keine weiteren Erklärungen. Morton warf sich hinter das Steuer und brachte den Wagen ohne große Rücksicht auf die Ergebnisse Whitbreadscher Gartenbaukunst zurück auf die Straße. Die Zeit drängte. Wie zuvor Grimsby holte Morton auf der gewundenen Straße zwischen Brighton und Hawkhurst das Letzte aus dem großen Reisewagen.

Ihm war nicht entgangen, dass ein Blitzlicht aufgeflammt war, als er den Wagen aus dem Garten steuerte. Darauf konnte er jetzt keine Rücksicht mehr nehmen. Es blieb nur zu hoffen, dass die Aufnahme danebengegangen war. Wenn man die Nummer erkennen konnte, dann gab es Schwierigkeiten. Sie hatten sich in Brighton nicht mehr die Zeit nehmen können, ein gefälschtes Schild aus Grimsbys unerschöpflichem Bestand anzuschrauben.

»Sir, werden Sie es schaffen?«, fragte Grimsby besorgt vom Rücksitz her. Sein abgebrochenes Medizinstudium und die mannigfaltigen Fälle, in denen er seinem Chef assistiert hatte, gaben ihm genug Überblick. Die Frau neben ihm rang mit dem Tode. Dr. Glenn Morton wusste das auch genau.

DR. MORTON 1
Blaues Blut
Dr. Morton erprobt ein künstliches Blut am lebenden Menschen. Die Versuchsperson erregt heftiges Entsetzen, denn Kunstblut färbt die menschliche Haut leuchtend blau.

DR. MORTON 2
Das ist Ihr Sarg, Sir!
Der Millionenerbe Philipp Gregory erfährt, was es heißt, Dr. Mortons Interesse zu erregen.

DR. MORTON 3
Bad in HCL
Charles Fox greift einen Minister auf so unfaire Art an, dass diesem nur noch der Selbstmord bleibt. Morton beschließt, Fox auf besonders spektakuläre Weise sterben zu lassen.

DR. MORTON 4
Biedermann und Rauschgifthändler
Mr. Knowles hätte noch jahrelang glänzende Geschäfte gemacht – wäre er nicht an Dr. Morton geraten.

DR. MORTON 5
Mr. Gregory kann nicht sterben
Als Dr. Morton und Grimsby bei einer ihrer Aktionen beobachtet werden, kommt es schon bald darauf zu einem Erpressungsversuch.

DR. MORTON 6
Dr. Morton empfiehlt Selbstmord
Dr. Morton ärgert die Art, wie Richterin Eliza Mitford mit dem Recht umgeht. Beim Versuch, Mrs. Mitford aus dem Verkehr zu ziehen, gerät er allerdings in eine böse Situation.

DR. MORTON 7
Dr. Mortons totale Operation
Die Menschheit von William Harroghby zu befreien, kann man sicher als gute Tat bezeichnen. Doch auch seine Mitarbeiter müssen elegant beseitigt werden.

DR. MORTON 8
Sir Henry, der Dritte im Bund
Als Dr. Morton den Gaffelschoner Santa Luisa entdeckt, wird er Zeuge einer wüsten Orgie und gerät in die Fänge grausamer Frauenschänder.

DR. MORTON 9
Ein Gangster killt den andern
Nach dem Fund mehrerer Leichen vermutet Scotland Yard einen Bandenkrieg und ahnt nicht, dass Dr. Morton ihn entfesselt hat.

DR. MORTON 10
Sein erster Mord
Superintendent Walker möchte eine Untersuchung gegen

Morton in Gang setzen. Daher muss er sterben – und zwar bevor er Unheil anrichtet.

DR. MORTON 11
Gehirnoperation
Grausamer Mord an zwei Kindern! Die Täter: Zwei blutjunge Mädchen, gerade aus einer Heilanstalt entlassen. Dr. Morton beschließt, sie für seine Hirnforschungen zu verwenden.

DR. MORTON 12
Ein Selbstmord kommt selten allein
Die Freundin des Journalisten Benjamin Shoulter zeigt keine Scheu, ihr Wissen gewinnbringend einzusetzen und hinter Dr. Mortons Geheimnisse zu kommen.

DR. MORTON 13
Dr. Morton geht ins Zuchthaus
Maurice Vaultier sitzt in der Todeszelle. Zusammen mit Sir Henry und Grimsby plant Dr. Morton dessen Befreiung.

DR. MORTON 14
Blutige Mahlzeit
Cynthia Barrington ist hinter Mortons Geheimnisse gekommen und bringt den Arzt in ernste Gewissensnöte.

DR. MORTON 15
Grausame Grüße
Ein Wissenschaftler soll daran gehindert werden, hochbrisante Mitteilungen über geheime Waffensysteme zu verkaufen. Die Methoden, die Morton anwendet, sind grausam.

DR. MORTON 16
Tod für Norfolk
Dr. Morton benötigt einen neuen Schlupfwinkel und findet ihn in Norfolk. Der Besitzer von Wroxham House denkt aber gar nicht daran zu verkaufen.

DR. MORTON 17
Projekt Haifisch
William Grimsby hat ein Gerät entwickelt, mit dem ein unbegrenzter Aufenthalt unter Wasser möglich ist. Das Projekt »Haifisch« hat jedoch tückische Nebenwirkungen.

DR. MORTON 18
Gefährliche Spiele
Eine junge Frau interessiert sich derart auffällig für Grimsby, dass Cynthia Barrington die Dame aus dem Verkehr zieht. Doch was soll nun mit der gefangenen Frau geschehen?

DR. MORTON 19
Der Monstermacher
Dr. Morton mixt ein Serum, das Menschen in Tiere verwandelt. Doch kann der Arzt dieses Experiment kontrollieren?

DR. MORTON 20
Sir Henry und sein Feind
Der gedemütigte McManus verschafft sich ein explosives Faustpfand und bringt Cynthia Barrington in seine Gewalt!

DR. MORTON 21
Auf Grimsby kann man sich verlassen
In Abwesenheit von Dr. Morton meldet sich ein Erpresser. Grimsby weiß, dass der Mann hochgradig gefährlich ist und sucht nach einem Weg, ihn unschädlich zu machen.

DR. MORTON 22
Der Gierige
Fielding, ein untadeliger Bankier, giert regelrecht nach Geld. Für ihn wäre es jedoch besser gewesen, er hätte sich nicht ausgerechnet Dr. Morton als Komplizen ausgesucht.

DR. MORTON 23
Kopftransplantation
Dr. Morton startet mit der Transplantation von Köpfen. Doch die Versuchspersonen reagieren in einer Weise, mit der niemand rechnen konnte.

DR. MORTON 24
Einmal Hirn, tiefgekühlt
Dr. Morton entwickelt eine geniale Methode, unliebsame Yard-Ermittler aus dem Weg zu räumen.

DR. MORTON 25
Ein Diktator wird zerlegt
Während sich Grimsby mit der Mafia anlegt, will Dr. Morton den Diktator Juan Camaro beseitigen. Es beginnt eine generalstabsmäßig vorbereitete Entführungsaktion.

DR. MORTON 26
Seltsame Partner
Grimsby wird entführt, aber von Morton spektakulär befreit. Jetzt gilt es, den entflohenen Entführer in die Falle zu locken..

DR. MORTON 27
Ist das Dr. Morton?
Als Mortons Team plötzlich zwei Mortons gegenübersteht, gelingt es einzig Grimsby, den falschen Arzt mit einem genialen Trick zu entlarven.

DR. MORTON 28
Ein Friedhof bei Brighton
Um Robert Skillings besondere Fähigkeiten für sich zu nutzen, lässt Glenn Morton ihn offiziell sterben. Skillings' Frau aber wird zu einer uneinschätzbaren Gefahr für Dr. Morton.

DR. MORTON 29
Glenn Morton steht in Flammen
Wilbur Slight weigert sich, in seinem Besitz befindliche Patente auszuliefern. Dr. Morton nimmt seine Tochter als Geisel und greift zu entsetzlichen Mitteln.

DR. MORTON 30
Es lebe der Champion
Dr. Morton flickt einen verunglückten Rennfahrer wieder zusammen. Fortan benötigt der Mann ungewöhnliche Hilfsmittel, um die Belastung bei den Rennen durchzustehen.

DR. MORTON 31
Die Katze lässt das Morden nicht
Katzen mit Menschenverstand sprengen ein Penthouse und ein Munitionslager. Doch dies ist nur die Probe für den ganz großen Coup.

DR. MORTON 32
Grimsbys schwarze Spinne
Dr. Morton ist gezwungen, einen Mann umzubringen, wird dabei beobachtet und anschließend erpresst. Den Fremden zu töten würde jedoch auch für Morton das Ende bedeuten.

DR. MORTON 33
Einen Killer für Madame
Um ihren Mann unter die Erde zu bringen, wendet sich Sarah Milton an das »Mordbüro«. Grimsby kommt der Organisation auf die Spur, was die Profi-Killer leidvoll zu spüren kriegen ...

DR. MORTON 34
Der Irre von Colchester
Die verschwundene Sarah Milton ist der perfekte Köder, um einen Gangsterboss zu schnappen. Der Killerchef schöpft Verdacht, begeht jedoch einen tödlichen Fehler ...

DR. MORTON 35
Schrumpf dich jung, Dr. Morton
Sir Henry vermittelt Dr. Morton die Gattenmörderin Emily als neues Versuchsobjekt. Ein Experiment mit Folgen ...

DR. MORTON 36
Die tödlichen Ratten
Der zwielichtige Geschäftsmann Thomas Lewis bringt nahezu das gesamte Morton-Team in seine Gewalt. Doch da ist immer noch Grimsbys abscheuliche Rattenzüchtung ...

DR. MORTON 37
Zwei Mumien im Keller
In 6000 Jahre alten Mumien werden lebende Zellen entdeckt. Kein Wunder, dass Dr. Morton aufmerksam wird, aber nicht ahnt, welch grausiges Geheimnis er zutage fördert …

DR. MORTON 38
Der indische Seiltrick
Dr. Morton und sein Team bergen einen geheimnisvollen Behälter und geraten an skrupellose Menschenschmuggler.

DR. MORTON 39
Der singende Mörder
Scotland Yard untersucht abscheuliche Verbrechen – und bald schon kommt es in den geheimen Räumen von Lannix Manor zu einem unheilvollen Zusammentreffen …

DR. MORTON 40
Das Nervenserum
Mr. Railey ist ein Massenmörder! Als Grimsby den Killer nach Brighton bringt, häufen sich in Raileys Umfeld die Todesfälle.

DR. MORTON 41
Rollende Köpfe
Das Team von Dr. Morton sorgt dafür, dass der Chirurg im »rollenden Einsatz« mit Versuchs-personen beliefert wird.

DR. MORTON 42
Die Attentäter
Als Dr. Morton nach einem Attentat auf die Queen spurlos verschwindet, offenbart sich ein großangelegter Umsturzplan.

DR. MORTON 43
Dr. Mortons willenlose Telepathen
Bei Mortons Test zur telepathischen Informationsübertragung wird der Schiffsverkehr unterbrochen, sodass der neugierige Inspektor Walker aufmerksam wird.

DR. MORTON 44
Morton gegen Computer
Morton schafft eine Gruppe leicht lenkbarer und zu allem bereiter Verbrecher. Doch ein neuartiges Computersystem von Scotland Yard droht Morton und sein Team zu entlarven.

DR. MORTON 45
Ohne Haut – doppelt nackt
Lloyd Burberry hätte besser seine kriminellen Geschäfte aufgegeben, denn plötzlich wird er ein Fall für Dr. Morton.

DR. MORTON 46
Lord Millbrook
Eine Politikergruppe will Dr. Morton für ihre Verschwörungspläne einspannen, doch der Chirurg lehnt ab. Lieber kümmert er sich um Lord Millbrook, den Kopf der Putschisten.

DR. MORTON 47
Zwölf Menschen frisst der Krebs
Mortons Experimente mit lebenden Krebszellen fordern ein Opfer nach dem anderen. Als zwei Polizisten Wroxham House durchsuchen, brechen sie in heillose Panik aus …

DR. MORTON 48
Schlachtfest für Demeter
Der Clan der Finchs muss ausgelöscht werden. Doch selbst mit den grausigsten Morden ist den Finchs nicht beizukommen.

DR. MORTON 49
Unternehmen Rosebud
Dr. Morton will ein neues Medikament erproben. Ohne Liza Busbys Neugier wäre das Experiment störungsfrei verlaufen, doch ihr Eingreifen könnte für Morton das Ende bedeuten …

DR. MORTON 50
Morton contra Präsident
Als Dr. Morton eine Reihe von spektakulären Experimenten durchführt, gerät Grimsby plötzlich in eine Falle. Und Morton hat es schlagartig mit Geheimdienstvertretern zu tun.

DR. MORTON 51
Blutiger Einsatz
Der zwielichtige Doppelgänger eines gewissen Dr. Lermingham lockt Grimsby und Dr. Morton in ein tödliches Abenteuer.

DR. MORTON 52
Grimsbys Mörderbande
Unter Drogeneinfluss werden Alan Cayzer und seine Freunde zu mordenden Bestien. Dr. Morton muss zu einer außergewöhnlichen Operation greifen …

DR. MORTON 53
Ronalds schnelles Leben
Als der kleine Ronald am Strand aufgegriffen wird, bedroht dies die Existenz von Dr. Morton und seinen Mitarbeitern …

DR. MORTON 54
Tödliches Vergnügen
Playboy Cliff Corner gerät in Dr. Mortons Fänge, was jedoch nicht unbemerkt geblieben ist, sodass Grimsby und Morton den Zeugen eine tödliche Überraschung bereiten …

DR. MORTON 55
Verheerende Strahlen
Grimsby erleidet bei einem Experiment schwerste Verletzungen. Für die von ihm entwickelte furchtbare Waffe hat Sir Henry bereits einen Verwendungszweck …

DR. MORTON 56
Der Schlächter vom Hyde Park
Können menschliche Haarwurzeln genetische Informationen enthalten, die Rückschlüsse auf kriminelles Verhalten zulassen? Grimsby zieht los, um ahnungslose Opfer zu skalpieren.

DR. MORTON 57
Ein Panther in London
Trotz aller Sicherheitseinrichtungen gelingt es einem Unbekannten, in Wroxham House einzudringen – und Dr. Morton findet sich in einer äußerst prekären Situation wieder.

DR. MORTON 58
Bis zum bitteren Ende
Wie reagiert eine Gruppe von Menschen, die man in eine ausweglose Situation bringt? Dr. Morton samt Team beobachten 7 junge Männer und Frauen, die sich gegenseitig aufreiben.

DR. MORTON 59
Sklaven für Lady Goodefrood
In London findet Scotland Yard nach einem anonymen Anruf mehr als hundert Tote, die auf rätselhafte Weise ums Leben gekommen sind.

DR. MORTON 60
Lord Morton lässt das Monstrum los
Morton lässt einen Doppelkopf auf die Menschheit los. Doch das Monstrum will Rache und kehrt zurück nach Brighton.

DR. MORTON 61
Entführt und erpresst
Gangster bringen Cynthia Barrington in ihre Gewalt. Verständlich, dass Dr. Morton drastische Maßnahmen ergreift.

DR. MORTON 62
Ein Weekend in Aberlane
Dr. Morton will Giftgasproduzenten zur Rechenschaft ziehen. Um dieses Ziel zu erreichen, ist dem Arzt jedes Mittel recht …

DR. MORTON 63
Frisches Hirn für Dr. Morton
Als man Glenn Morton in die Universitätsklinik einliefert, ist er klinisch tot. Es liegt nun an Grimsby, seinen Chef zu retten.

DR. MORTON 64
Lebendig eingemauert und entsorgt
Charlie Pickert steht ganz oben auf der Fahndungsliste von Scotland Yard. Um seine Spuren zu verwischen, lässt sich Dr. Morton etwas Besonderes einfallen …

DR. MORTON 65
Das Loch im Vorhang
Sybill Masterson verfügt über ungewöhnliche Fähigkeiten, die Dr. Morton in seinem Labor ergründen möchte. Und Grimsby stellt sich für ein unfassbares Experiment zur Verfügung.

DR. MORTON 66
Grimsby in der Falle
Grimsby gerät unschuldig in Untersuchungshaft. Um seiner Verurteilung zu entgehen, greift er zu extremen Mitteln.

DR. MORTON 67
Unternehmen Massengrab London
Harry Wiltons finsterer Plan steht kurz vor seiner Vollendung. Es liegt an Morton und seinem Team eine Katastrophe unvorstellbaren Ausmaßes zu verhindern.

DR. MORTON 68
Dr. Mortons Totentanz
Dr. Morton und Grimsby erfahren, was es bedeutet, ins Visier eines gnadenlosen Mafia-Clans zu geraten.

DR. MORTON 69
Testfressen für Feinschmecker
Dr. Morton lädt zu einem Festmahl der besonderen Art. Allerdings kann er nicht ahnen, dass er sich damit in eine existenzbedrohende Situation begibt.

DR. MORTON 70
Nur Tote schweigen ewig
Gefährliche Zeugen aus dem Weg zu räumen, ist für Lord Morton und seine Helfer Alltag. Es ergibt sich jedoch eine Situation, die niemand vorhersehen konnte.

DR. MORTON 71
Tödliche Bedrohung für Lord Morton
Ein Cottage tief in den Sümpfen Englands – welche Umgebung würde sich wohl besser eignen, um lästige Zeugen für immer loszuwerden …?

DR. MORTON 72
Der Killer aus der Kälte
Auf offener Straße mitten in London fallen Menschen tot um, ohne einen Hinweis auf Fremdeinwirkung. Und trotzdem handelt es sich in jedem einzelnen Fall um Mord!

DR. MORTON 73
Morton gegen Kannibalen
Hoch über den Wolken kommt es zu äußerst blutigen Konfrontationen.

DR. MORTON 74
Drei Unzen Hirn
Wieder einmal führt Dr. Morton Experimente der ganz besonderen Art durch.

DR. MORTON 75
Dr. Morton schlägt zu
Eine Lungentransplantation, ein Nervenserum und ein Callgirl-Ring – und mittendrin Morton und Grimsby!

DR. MORTON 76
Drei Pfeile für Lord Morton
Wer ist der wahnsinnige Attentäter, der es auf Dr. Morton abgesehen hat – und was sind seine Motive?

JEDEN MONAT NEU!

DR. MORTON 77
Blutige Nächte in London
Es wird rasch ersichtlich, dass kein gewöhnlicher Mensch hinter der blutigen Tötungswelle steckt, die London erschüttert.

DR. MORTON 78
Lord Morton jagt Dr. Minstoff
Grimsby gerät in die Fänge eines skrupellosen Arztes, der ihn zwingen will, Dr. Morton zu ermorden.

DR. MORTON 79
Sechs Leben für Kantorowicz
Nach der Entführung von sieben Menschen ahnt Chefinspektor Quester, dass nur Morton hinter der Sache stecken kann.

DR. MORTON 80
Das gespaltene Ich
Dr. Morton erschafft von sich selbst ein perfektes Duplikat, das allerdings einige Absonderlichkeiten aufweist.

DR. MORTON 81
Frisches Blut für den Tower
Bombenattentäter bedrohen London – und Morton sieht sich gezwungen, mit Scotland Yard zusammenzuarbeiten.

DR. MORTON 82
Comte Eduardo ohne Skrupel
Selbst im Urlaub werden Morton und sein Team mit Verbrechern konfrontiert, die ohne jede Gnade töten.

DR. MORTON 83
Die lebenden Toten des Dr. Morton
Um G-Man Frank Briuliano aus dem Weg zu räumen, ersinnt Dr. Morton eine besonders perfide Methode.

DR. MORTON 84
Die Raben
Welches Geheimnis verbirgt Joanna Bennett – und warum musste sie auf grausame Weise sterben?

DR. MORTON 85
Lady Patricias dunkle Machenschaften
Der Mord an einem Kindermädchen gibt Rätsel auf. Morton, zufällig involviert, deckt die schmutzigen Hintergründe auf.

DR. MORTON 86
Gift für die Königin
Kampf der Syndikate und ein geplantes Attentat auf die Queen. Eine Situation, die selbst Grimsby fast das Leben kostet.

DR. MORTON 87
Projekt Menschenaffe
Dr. Mortons animalisches Experiment zeitigt unerwünschte nebeneffekte – und gerät völlig außer Kontrolle.

DR. MORTON 88
Phantomjagd durch Europa
Eine makabre Mitteilung lässt Sir Edward aufhorchen. Wer ist der Tote, der die Nachricht bei sich trug – und wer sein Mörder?

DR. MORTON 89
Der Irre von Schloss Morley
Nie hätte man einen Täter gefunden, wenn nicht die Nichte der zerstückelten Toten mit Sir Henry bekannt gewesen wäre.

DR MORTON
GRUSEL KRIMI BESTSELLER

DR MORTON
GRUSEL KRIMI BESTSELLER

Titelverzeichnis Bestellschein

Die nachstehend aufgeführten Titel sind bisher erschienen. Sollte Ihr Händler den von Ihnen gewünschten Band nicht vorrätig haben, bestellen Sie ihn bitte direkt über unsere Homepage: **www.romantruhe.de**

1	John Ball	**Blaues Blut**
2	John Ball	**Das ist Ihr Sarg, Sir!**
3	John Ball	**Bad in HCL**
4	John Ball	**Biedermann und Rauschgifthändler**
5	John Ball	**Mr. Gregory kann nicht sterben**
6	John Ball	**Dr. Morton empfiehlt Selbstmord**
7	John Ball	**Morton's totale Operation**
8	John Ball	**Sir Henry, der Dritte im Bund**
9	John Ball	**Ein Gangster killt den andern**
10	John Ball	**Sein erster Mord**
11	John Ball	**Gehirnoperation**
12	John Ball	**Ein Selbstmord kommt selten allein**
13	John Ball	**Dr. Morton geht ins Zuchthaus**
14	John Ball	**Blutige Mahlzeit**
15	John Ball	**Grausame Grüße**
16	John Ball	**Tod für Norfolk**
17	John Ball	**Projekt Haifisch**
18	John Ball	**Gefährliche Spiele**
19	John Ball	**Der Monstermacher**
20	John Ball	**Sir Henry und sein Feind**
21	John Ball	**Auf Grimsby kann man sich verlassen**
22	John Ball	**Der Gierige**
23	John Ball	**Kopftransplantation**
24	John Ball	**Einmal Hirn, tiefgekühlt**
25	John Ball	**Ein Diktator wird zerlegt**
26	John Ball	**Seltsame Partner**
27	John Ball	**Ist das Dr. Morton?**
28	John Ball	**Ein Friedhof bei Brighton**
29	John Ball	**Glenn Morton steht in Flammen**
30	John Ball	**Es lebe der Champion**
31	John Ball	**Die Katze lässt das Morden nicht**
32	John Ball	**Grimsbys schwarze Spinne**
33	John Ball	**Einen Killer für Madame**
34	John Ball	**Der Irre von Colchester**
35	John Ball	**Schrumpf dich jung, Dr. Morton**
36	John Ball	**Die tödlichen Ratten**
37	John Ball	**Zwei Mumien im Keller**
38	John Ball	**Der indische Seiltrick**
39	John Ball	**Der singende Mörder**
40	John Ball	**Das Nervenserum**
41	John Ball	**Rollende Köpfe**
42	John Ball	**Die Attentäter**
43	John Ball	**Dr. Mortons willenlose Telepathen**
44	John Ball	**Morton gegen Computer**
45	John Ball	**Ohne Haut – doppelt nackt**
46	John Ball	**Lord Millbrook**
47	John Ball	**Zwölf Menschen frisst der Krebs**
48	John Ball	**Schlachtfest für Demeter**
49	John Ball	**Unternehmen Rosebud**
50	John Ball	**Morton contra Präsident**
51	John Ball	**Blutiger Einsatz**
52	John Ball	**Grimsbys Mörderbande**
53	John Ball	**Ronalds schnelles Leben**
54	John Ball	**Tödliches Vergnügen**
55	John Ball	**Verheerende Strahlen**
56	John Ball	**Der Schlächter vom Hyde Park**
57	John Ball	**Ein Panther in London**
58	John Ball	**Bis zum bitteren Ende**
59	John Ball	**Sklaven für Lady Goodefrood**
60	John Ball	**Lord Morton lässt das Monstrum los**
61	John Ball	**Entführt und erpresst**
62	John Ball	**Ein Weekend in Aberlane**
63	John Ball	**Frisches Hirn für Dr. Morton**
64	John Ball	**Lebendig eingemauert und entsorgt**
65	John Ball	**Das Loch im Vorhang**
66	John Ball	**Grimsby in der Falle**
67	John Ball	**Unternehmen Massengrab London**
68	John Ball	**Dr. Mortons Totentanz**
69	John Ball	**Testfressen für Feinschmecker**
70	John Ball	**Nur Tote schweigen ewig**
71	John Ball	**Tödliche Bedrohung für Lord Morton**
72	John Ball	**Der Killer aus der Kälte**
73	John Ball	**Morton gegen Kannibalen**
74	John Ball	**Drei Unzen Hirn**
75	John Ball	**Dr. Morton schlägt zu**
76	John Ball	**Drei Pfeile für Lord Morton**
77	John Ball	**Blutige Nächte in London**
78	John Ball	**Lord Morton jagt Dr. Minstoff**
79	John Ball	**Sechs Leben für Kantorowicz**
80	John Ball	**Das gespaltene ICH**
81	John Ball	**Frisches Blut für den Tower**
82	John Ball	**Comte Eduardo ohne Skrupel**
83	John Ball	**Die lebenden Toten des Dr. Morton**
84	John Ball	**Die Raben**
85	John Ball	**Lady Patricias dunkle Machenschaften**
86	John Ball	**Gift für die Königin**
87	John Ball	**Projekt Menschenaffe**
88	John Ball	**Phantomjagd durch Europa**
89	John Ball	**Der Irre von Schloss Morley**
90	John Ball	**Scotland Yard jagt Grimsby**

Ab einem Warenwert von 40,– € erfolgt die Lieferung versandkostenfrei.

DR MORTON
GRUSEL KRIMI BESTSELLER

AUS DEM ERBER+LUTHER VERLAG